헬리오스 나인 5

한시랑 장편소설

초판 1쇄 찍은 날 § 2018년 7월 13일
초판 1쇄 펴낸 날 § 2018년 7월 20일

지은이 § 한시랑
펴낸이 § 서경석

총괄팀장 § 최하나
편집책임 § 신보라
디자인 § 신현아

펴낸곳 § 도서출판 청어람
등록번호 § 제387-1999-000006호
등록일자 § 1999. 5. 31
어람번호 § 제1-2935호

주소 § 경기도 부천시 부일로 483번길 40 서경B/D 3F (우) 14640
전화 § 032-656-4452 팩스 § 032-656-4453
http://www.chungeoram.com
E-mail § chungeorambook@daum.net

ISBN 979-11-04-91788-2 04810
ISBN 979-11-04-91689-2 (세트)

한시랑 장편소설

FUSION
FANTASTIC
STORY

헬리오스 나인

5

청람

헬리
오스
나인

· Contents ·

1장
김시영 박사 I

　원정대는 빅토리 영지에 들러 클로라를 만났다. 오랜만에 얼굴을 보는 것이라 클로라는 몹시 반가워했다. 특히 제인과는 친분이 두터워 보였다.

　권산은 클로라에게 일행을 소개하고 로뎀 집사와 함께 점심 식사를 했다.

　서의지는 매튜의 동생이라는 클로라가 25세의 어린 나이에 하나의 영지를 맡아 다스리는 것이 인상적인지 이것저것 그녀에게 물었다.

　클로라도 웃는 낯으로 다가서는 서의지에게 호감이 이는지

상냥하게 웃으며 답변했다.

백민주는 그것을 보고 권산의 옆구리를 팔꿈치로 툭툭 치며 귓속말을 건넸다..

"제가 의지 오빠에 대해 좀 아는데 지금 완전 클로라에게 꽂혔어요. 딱 저렇게 글래머러스하고 피부 좋은 여자 좋아하거든요."

"그래도 이렇게 빨리 반할 수 있나?"

"권산 오빠 뭘 모르시네. 사랑에 시간이 중요한 건 아니죠."

서의지는 아닌 게 아니라 식사도 제쳐두고 클로라와 담소를 나누는 데 여념이 없었다.

백민주는 신이 나서 이번에는 제인을 건드렸다.

"어때요, 제인? 뭔가 불꽃이 튀는 것 같죠?"

제인은 붉은 머리카락을 쓸어 넘기며 클로라와 서의지를 번갈아 보았다.

"뭔가 클로라도 싫어하진 않는 느낌이야. 그리고 민주가 한 말은 맞는 말 같아."

"음? 어떤 말이요?"

"사랑에 시간이 중요한 건 아니라는 말."

백민주는 고개를 갸웃거렸다.

'뭐지, 이 느낌은? 제인 언니, 갑자기 진지해지는데?'

백민주는 스멀스멀 올라오는 괴이한 느낌을 떨쳐내며 식사에 집중했다.

다시금 느끼지만 귀족의 만찬은 항상 훌륭했다.

식사만 하고 바로 떠나려는데 서의지의 간곡한 부탁에 의해 몇 시간의 휴식을 더 취한 뒤 일행은 말에 올랐다.

서의지는 클로라에게 손을 흔들어주었고, 클로라 역시 묘하게 슬픈 표정으로 손을 흔들었다.

호기심이 동한 백민주가 서의지의 옆으로 말 머리를 바짝 붙였다.

"아까 정원에서 클로라와 무슨 이야기를 한 거죠?"

"그, 그냥… 아무것도 아니야."

"아무것도 아닌 게 아닌 것 같은데?"

서의지는 입술을 앙다물고 말 배를 걷어차며 앞으로 튀어나갔다.

"이라!"

백민주가 쫓아가려는데 권산이 그녀의 어깨를 잡았다.

"의지도 마냥 기뻐 보이지는 않아. 네 말대로라면 첫눈에 반한 상대와 기약 없는 이별을 한 거니까 그냥 모른 척해라."

모두는 말을 달려 젤란드의 수도로 달렸다.

마차로 5일이 걸린 길을 기마로 3일 만에 주파했고, 드디어 카르타고의 서문에 도착했다.

장대한 석조 건물과 웅장한 성벽에 서의지와 백민주는 크게 감탄한 기색이었다.

은근히 이곳의 문명 수준을 깔보는 마음이 있었는데 중세 도시는 그 나름의 매력이 있었다.

수도의 행인들은 판금의 마법마를 타고 다니는 권산이 신기한지 한 번씩 흘겨보았다.

마법 종자의 희소성 탓이다.

"여독이 쌓였으니 먼저 숙소를 잡자. 일전에 갔던 곳이 있으니 그곳으로 가지."

"잠깐만, 권산. 여관보다는 우리 블레어 백작가의 저택으로 가자. 그곳보다는 나을 거야."

제인은 일행을 이끌고 왕궁과 가까운 구역의 저택으로 찾아 들어갔다.

과연 백작가의 권세에 걸맞은 화려한 외관의 하우스와 정원이 멋진 저택이 나타났다.

"권산 형님, 정말 이곳의 귀족은 할 만한 직업이군요."

"나 같은 빈털터리 귀족도 있다."

"하하, 대장 형님에게 거짓말은 안 어울립니다."

저택 관리인이 나타나 제인을 맞이했고, 일행은 그곳에서 흙먼지가 내려앉은 몸을 씻고 여독을 풀었다.

그 날 밤 권산은 단말기를 통해 하논을 호출했다.

저택 앞에 나타난 하논은 몰골이 말이 아니었다.

며칠을 쉬지 못했는지 몹시 피곤해 보였고, 몸 이곳저곳에 부상을 입어 거동도 불편해 보였다.

"어찌 된 일이냐, 하논?"

"권산 사부, 지금 길드가 무너질 판이에요."

"일단 들어가자."

권산은 저택의 접견실로 하논을 안내하고, WC를 이용해 백민주에게 근접 통신으로 메시지를 보냈다.

이윽고 백민주가 나타나자 권산은 먼저 하논의 치료를 부탁했다.

"몸을 먼저 치유하자, 하논."

백민주의 치유 광선이 눈에서 쏘아지자 하논의 몸에 나 있던 멍 자국과 찢어진 피부, 생채기가 빠르게 아물었다.

광선이 사라지자 한결 편안해진 얼굴로 하논이 지금껏 있었던 일에 대해 말했다.

"젤란드에는 수도를 포함해 열 개의 큰 도시가 있어요. 스트리트 길드가 없는 곳은 없지만 그 10대 도시의 길드들이 가장 세력이 크다고 할 수 있죠. 그런데 10대 도시 중의 하나인 다마스의 길드가 최근 석 달 사이에 여덟 개 길드를 장악하고 각 도시들을 접수했어요. 그러더니 마침내 카르타고의 길드인 우리에게 도전장을 내민 거죠."

"그럼 다마스 길드와 전쟁을 하느라 이렇게 다친 것이로군. 전세는 어찌 되어가는데?"

"며칠만 더 지나면 괴멸될 지경이에요. 내가 최초의 그랜드 마스터가 되려고 했는데 그 제물이 될 판이라니. 빌어먹을."

'아무리 건달 수준의 싸움이라도 열 개 도시를 석 달 사이에 장악할 수 있다니… 애초에 전력을 숨기고 있던 게 아니라면 구린 수법을 썼군.'

이어지는 하논의 말은 과연 예측한 대로였다.

"길드 마스터 형님이 갑자기 실종되었어요. 알아보니 다른 대도시의 길드 마스터도 다마스 길드와 싸우기 전에 실종되었다고 하더라고요. 그러니 구심점 없이 무너진 것이고요. 길드 마스터가 없으면 이 인자들끼리는 단합이 안 돼요. 자기 식구들 챙기기 바쁘죠. 그러다 각개격파를 당해 버리는 바람에 이제 제 밑에 동생들 조금과 부상자 30명 정도가 남은 전부예요."

"상대의 전력은 어느 정도지?"

"건장한 놈들로 200명 정도 됩니다. 순수한 다마스 출신이 절반이고 나머지는 각 도시에서 차출돼 온 놈들이에요. 힘껏 싸워서 반 정도는 부상을 입었어요."

30명 대 200명의 싸움.

그것도 부상자 비율은 30명 쪽이 높다.

건달들의 싸움에는 무기도 없이 맨주먹으로 하는 게 불문율과 같으니 전략적인 이득을 취하기도 어렵다.

"몹시 어려운 상황이다. 하지만 이 상황을 이겨내고 다마스 길드를 제압하면 오히려 손쉽게 젤란드의 스트리트 길드를 일통하게 된다. 내가 널 제자로 받아들이면서 먼저 카르타고 길드를 접수시키고 그다음 젤란드 전역의 스트리트 길드를 접수시키겠다고 말했지? 지금이 바로 그때로구나."

"방법이 있을까요?"

"필승의 방법이 있지. 다음 싸움에 나도 참여하마."

하논은 잠시 생각하더니 고개를 저었다.

"사부님의 실력을 모르지는 않지만, 길드 싸움에 외부인을 끌어들여 이겨봐야 건달들에게 충성을 받기가 어려워요."

"내가 직접 쓸어버린다고 하진 않았다. 네가 잘 싸울 수 있게끔 옆에서 돕기만 할 생각이야. 결국 하논 네가 200명을 쓰러뜨리게 될 것이다."

권산은 하논에게 미스릴 섬유 옷을 주며 안심하고 다마스 길드에게 최후통첩을 할 것을 주문했다.

궁지에 몰린 쥐가 모두 모습을 드러내겠다는데 그쪽에서 거절할 이유는 없을 터였다.

하논이 떠나자 권산은 일행에게 간단히 상황을 공유했다.

"그럼 대장 형님이 건달패 속에서 적들을 상대하면 다른 파티원들은 어떻게 할까요?"

"일단 멀찍이서 지켜봐. 다마스 길드가 그렇게 빠른 시간 안에 젤란드 주요 대도시의 스트리트 길드를 쓸어버린 것은 통상적으로는 불가능한 일이야. 구린 계략뿐 아니라 외부의 강자를 끌어들였다는 게 내 생각이다. 그 강자가 개입하려고 하면 과감하게 저격을 해줘. 제인은 주변에 변수가 생길 때 개입해 줘. 일단 의지는 곁에서 지켜주고… 민주는 싸움이 벌어지기 전에 젤란드 길드 쪽 인원의 부상 치료와 버프를 부탁해."

싸움은 카르타고 동벽 안쪽의 빈민가에서 벌어졌다.

동벽 안쪽은 높은 성벽으로 인해 태양이 가로막혀 어둡고 추웠으며, 환기도 좋지 않아 자연히 가난한 이들이 모여든 곳이었다.

그곳의 진입로에 수백 명의 장한이 서로를 마주하고 있었다.

"카르타고 길드의 마지막 부마스터인 하논이라는군. 꽤나 귀엽게 저항했지만 이제 그만 꺼져주면 좋겠는데."

큰 얼굴에 짙은 이마 주름이 인상적인 토드였다.

그는 두꺼비와 닮은 외모에 강한 악력으로 유명한 건달이었는데, 그 힘을 인정받은 다마스의 부마스터 중 한 명이었다.

"그 역겨운 두꺼비 면상이나 치워라. 일대일로 붙을 깡도 없으면서 혀만 살았구나."

"크하하, 우리가 기사 나부랭이도 아니고 일대일 대결이 언제부터 거리의 미덕이었냐? 그러니 겨우 40명만 남았지. 쯧쯧."

"거리의 법도를 그리 좋아하는 다마스 길드가 선전포고도 없이 기습부터 하냐? 그리고 같은 거리의 형제들을 구역 싸움 좀 한다고 불구가 될 때까지 박살을 내는 게 언제부터 거리의 법이었냐? 오늘 너하고 네 뒤에 길드 마스터도 내 손에 곤죽이 날 줄 알아라."

하논은 자신감이 충만했다.

자신의 뒤에는 평범한 복색에 두건을 쓰고 얼굴을 가린 권산이 서 있었다.

남은 길드원들은 백민주의 힘으로 모두 치유되었으며 버프를 받아 평소의 두 배에 달하는 힘을 쓸 수가 있었다.

'강력한 돌파로 다마스의 길드 마스터 카를로를 잡는다.'

"형제들, 돌격이다!"

하논이 뛰쳐나가자 길드원들도 함성을 지르며 뛰어나갔다. 권산은 하논의 뒤를 바짝 쫓아가며 양 손가락을 둥글게 오므려 두 개의 지풍을 전면으로 튕겨내었다.

막 하논과 충돌하려던 두 사내가 목이 뜨끔함을 느끼고 발이 덜컥 멎었다.

마혈이 짚인 것이다.

하논의 기쾌한 주먹이 둘에게 연거푸 꽂히고, 충격을 제대로 흘려보내지 못한 채 급소를 얻어맞은 둘은 한 방에 땅바닥으로 내리꽂혔다.

퍼벅!

"크아악!"

"큭!"

하논은 경기공을 운용하며 두 배나 강력해진 근력으로 적들을 깨부쉈다.

하논의 주먹이 닿기 전에 어김없이 권산의 지풍이 날아들었으며, 상대는 거의 방어도 못 한 채 일방적으로 하논에게 공격을 허용하고 있었다.

일타 일살.

중과부적에도 불구하고 밀고 들어가는 젤란드 길드원들의 분전도 놀라웠지만, 일선에서 무자비하게 뚫어내는 하논의 움직임은 그야말로 투신에 가까웠다.

함성과 욕설이 오가는 격전이 10분 여간 진행되자 다마스 쪽 인원 중 100여 명이 하논의 주먹에 맞아 바닥에 드러누웠다.

그러고도 하논은 지친 기색 없이 이리저리 피하며 계속 상대를 때려눕혔다.

"뭐, 뭐지? 하논 저놈을 왜 못 막는 거야? 뭐 해? 밀어붙여!"

토드는 겁에 질려 뒷걸음질을 치며 거칠게 길드원들을 밀어내었다.

밀려난 길드원은 토드의 겁쟁이 같은 태도가 마음에 들지 않는지 인상을 썼다.

어차피 자신은 다마스 출신이 아니다.

강제로 동원되어 젤란드에 온 것도 짜증 나는데 부마스터인 토드가 기세에서 밀려서 내빼는 꼴을 보자 신물이 난 것이다.

'역시 다마스 라인은 아니야. 저런 겁쟁이들에게 어쩌다 우리가 졌을까. 환장하겠군.'

토드는 후방의 카를로에게 다가가 말했다.

"카를로 마스터, 하논의 기세가 심상치 않습니다. 아무래도 그분의 도움을 받으시는 게……."

깡마른 인상의 흑발 사내 카를로는 마음에 들지 않는 듯 비웃음을 흘렸다.

"고작 40명을 제압 못 해서 이리 밀리다니 믿을 수가 없군. 이번만은 그분의 도움을 받지 않으려 했는데."

카를로는 등 뒤에서 시립한 채 깊게 내려오는 로브를 쓴 이를 돌아봤다.

너무도 깊은 후드에 얼굴이 가려 제대로 보이지 않았고, 작은 키에 두 손을 로브 속에 감춰 온몸이 장막에 가린 듯 보이지 않았다.

"현자님, 이번에도 도움을 부탁드립니다."

"대가는?"

"처녀 다섯을 더 바치겠습니다."

"좋다."

뒤돌아선 카를로의 인상이 썩어들어 갔다.

'빌어먹을 오크 주술사 놈, 스트리트 길드를 일통하는 순간 이 네놈의 제삿날이다.'

오크 주술사는 소매에서 가느다란 떡갈나무 지팡이를 꺼냈다.

수백 년 전 실존한 전설적인 오크법사인 자르갈의 저주받은 힘줄 지팡이였다.

"허약함의 토템이여, 자르갈의 부름에 응답하라. 오라크! 아그둠라! 사미라!"

지팡이 끝에서 무색의 파장이 퍼져서 카르타고 길드원을 휩쓸었다.

가장 먼저 하논의 움직임이 눈에 띄게 느려졌다.

'또 힘이 빠진다. 대체 이게 무슨 조화지?'

이미 다마스 길드와의 초반 대전에서 몇 번 겪어본 현상이었다.

체력이 떨어진 건지 움직임이 느려지고 관절은 연신 삐걱거렸다.

적을 타격할 때마다 주먹이 눈물이 날 만큼 아팠다.

권산은 그때 자신의 엄심갑에서 희미하게 빛이 올라오며 몸을 둘러싸는 것을 느꼈다.

"이데아, 이 현상은 뭐지?"

―주인, 골디움 엄심갑의 마법이 발동되었어요. 스펠 브레이커 Lv1이에요. 마법의 속성으로 보아 상대측에서 상태 이상 마법을 실행한 것 같아요.

권산은 안력을 돋워 마법의 실행자를 찾았다.

한눈에 봐도 수상해 보이는 자가 손에 나무 막대기를 하나 들고 있는 것이 보였다.

"서의지, 들리나?"

―예써, 대장 형님.

"저 로브쟁이를 저격해. 마법사다."

1㎞ 밖 빈민가의 낡은 지붕 위에 숨어 있던 서의지가 포톤 캐논 지팡이를 어깨에 올렸다.

겉보기에는 지팡이지만 묘하게 굴곡을 주어 마치 라이플처럼 어깨에서 목표를 겨눌 수 있는 구조였다.

"포톤캐논."

서의지가 시동어를 외치자 지팡이 끝의 수정에서 보랏빛 입자가 발사되었다.

입자는 보랏빛 꼬리를 끌며 광선의 형태로 날아가 1㎞ 밖 오크 주술사의 머리에 직격했다.

슈웅! 퍼억!

장거리 저격에 특화된 마법답게 정확성은 대단하지만 위력은 그에 미치지 못한다고 들었는데, 하필 광자탄이 동공을 통해 파고들어 뇌 속에서 터졌다.

오크 주술사의 얼굴 구멍에서 압력을 버티지 못하고 동시에 피가 터져 나왔다.

동시에 카르타고 길드원에게 내린 허약함의 토템 저주가 해제되었다.

권산이 때에 맞춰 분하다는 듯이 외쳤다.

"비겁한 놈들! 저주 마법을 쓰다니! 그러다 마법이 폭주해서 마법사가 죽어버렸군! 꼴좋다!"

다마스 길드원들이 연신 웅성거렸다.

그들도 이제껏 상대 길드와의 싸움에서 어느 순간이 되면 적들이 맥을 못 추고 쓰러진 것을 알고 있었다.

그것에 괴이함을 느꼈지만 마법이라고는 생각 못 했는데 이제 보니 다마스 측에서 몰래 흑마법사를 불러들인 듯했다.

"설마 우리가 마법사를?"

"길거리의 법도가 무너졌다!"

믿고 싶지 않아도 마법사가 마지막에 보라색 빛을 머리에서 뿜어내며 쓰러진 것을 직접 보았으니 의심의 여지가 없었다.

포톤캐논의 마력 입자 속도가 엄청나게 빨랐기 때문에 보랏빛 광선이 외부에서 날아온 건지, 오크 주술사의 머리에서 터져 나온 건지 분간이 안 된 것도 한몫을 했다.

하논이 흐름을 읽고 거칠게 고함을 쳤다.

"더 싸울 테냐! 다마스의 편에서 계속 싸울 테냐! 길거리의 자부심이 있다면 내 뒤에 서라!"

다마스 진영이 동요했다.

다른 도시에서 차출된 건달들이 우르르 이동해서 하논의 뒤에 서자 오리지널 다마스 길드원은 50명밖에 남지 않았다.

이미 전세는 확연히 기울었다.

카를로와 토드는 큰 대자로 뻗어버린 오크 주술사만을 원망의 눈으로 바라보았다.

이미 하논 일당에게 포위되어 도망칠 수도 없었다.

'아아, 그랜드마스터의 꿈이 이렇게 끝나다니.'

2장
김시영 박사II

하논은 길거리의 규칙에 따라 카를로와 토드의 발목 힘줄을 잘라 내쫓고 그의 세력을 흡수했다.

그가 마지막 대전에서 보여준 투신에 가까운 무력에 많은 이들이 감명받았기 때문에 그가 실종된 카르타고의 마스터 대신 신임 마스터에 등극함은 물론 다마스 길드가 이룩하려 한 10대 도시 연합 길드장에 등극하는 것도 자연스러운 추대로 진행되었다.

10대 도시에서 차출되어 다마스 길드의 편에서 하논과 싸운 이들이 그를 적극적으로 추대하고 나선 것이다.

그들의 길드 마스터 역시 모두 카를로의 계략에 의해 실종되었고, 부마스터는 힘줄이 잘려 불구가 되었기 때문에 일종의 권력 공백이 발생했다.

최초의 연합 길드장, 스트리트 그랜드마스터가 탄생하기 최적의 여건이 된 것이다.

젤란드 스트리트 길드 연합 길드장.

최초의 그랜드마스터.

투신 하논.

너무도 짧은 시간에 벌어진 일이었다.

권산은 싸움이 끝나자 일행을 불러 가장 먼저 죽어버린 다마스의 마법사를 수습했다.

로브를 젖히자 녹색 피부에 어금니가 도드라진 못생긴 인종이 모습을 드러냈다.

권산은 대번에 이 종족이 오크라는 것을 알았다.

"오크의 소지품을 수습해. 일단 저택까지 옮긴다."

"제인은 마차를 불러줘."

"알았어."

저택으로 돌아온 일행은 오크의 시신을 가운데 두고 둘러섰다.

권산이 제인을 보며 물었다.

"제인, 오크도 마법을 쓴다는 걸 알고 있었어?"

제인은 고개를 끄덕였다.

"정확히 말해 마법이라고 하진 않고 주술이라고 해. 오크들은 엘프가 이 세계에 오기 전부터 그들 나름대로의 샤머니즘과 토테미즘 신앙을 기반으로 한 주술을 가지고 있었어. 오직 오크족 주술사만이 구사할 수 있지. 무슨 원리로 그런 주술 현상이 생기는지는 아직 미스터리야. 당연히 어떤 인간 마법사도 주술을 따라 할 수는 없고."

"주술이라……. 세상에는 별의별 힘이 다 있군. 나 역시 상태 이상에 항마력이 있는 아이템이 없었다면 당할 뻔했어. 수도의 한복판에서 오크가 나타날 줄은 꿈에도 몰랐으니까. 좀 더 자세히 알 필요가 있겠어. 수도에 와서 만날 사람이 있었는데 그 사람에게 이 오크를 보여주면 알 수도 있겠지."

권산은 마탑에 있는 김시영 박사에게 메시지를 보냈다.

조금 뒤 그에게 답변이 왔고, 한 시간쯤 지나자 저택의 입구에 김시영과 풍법사 로렌이 나타났다.

"김시영 박사, 오랜만이오."

"오랜만입니다, 권산 님."

로렌도 권산에게 인사했다.

"공작위를 받으셨다는 소문은 들었습니다, 노스랜더 공

작님."

권산은 로렌의 깍듯한 태도에 머쓱함이 느껴져서 편하게 대했다.

"격식은 그리 필요 없다. 호칭은 예전처럼 하고, 편하게 행동해도 돼."

"알겠습니다. 그리 명하신다면 따르겠습니다, 권산 님."

권산은 김시영에게 오크의 시체를 보여주었다.

"이게 그 오크 주술사로군요. 제가 한번 살펴보도록 하죠."

김시영은 오크의 로브를 벗겨 상체에 새겨진 문신을 자세히 살피더니 마법 주문을 하나 말했다.

"이미지 미러."

김시영의 전면에 녹색의 빛 무리가 판판한 형태로 떠오르더니 그곳에 녹색 피부에 흰 머리카락을 가진 오크 하나가 떠올랐다.

"맞는 것 같죠, 로렌?"

"그렇군요, 시영."

김시영은 권산에게 이미지 미러를 밀었다.

허공에 둥둥 뜬 얇은 유리가 날아오는 듯한 모습이었다.

"피의 오크 굴다르. 현상금 5만 플로린짜리 거물 오크네요. 왕국 사이를 오가며 처녀를 죽여 피를 마시는 미친 행동으로 현상금이 걸린 상태였어요. 좋은 일을 하셨군요."

"현상금이 걸린 범죄자 오크였군."

"네. 보상금은 마탑에서 지급해 드리고 있습니다. 현상금이 걸린 범죄자들은 국경을 우습게 넘기 때문에 마탑의 통신망으로 수배자들을 관리하고 현상금 지급을 대행하고 있죠."

"이 오크는 시영이 데려가시오. 보상금도 가져도 좋소. 실은 내가 궁금한 건 이 오크의 정체가 아니라 이 굴다르가 사용한 저 주술 지팡이의 내력이오. 뭔가 드워프제 마법 도구와는 이질적인 묘한 느낌이 자꾸 나는데 뭐라 설명하기는 어렵소."

김시영은 '자르갈의 저주받은 힘줄 지팡이'를 들었다.

권산이 허튼소리를 할 리는 없다.

하지만 시영이 느끼기에 마력이 깃든 물건은 아니었다.

"디텍트 아이템."

시영의 손에서 하얀 빛이 스며 나와 지팡이를 감싸자 그의 뇌리에 이 지팡이의 이름이 떠올랐다.

기억 주입의 룬을 통해 마법 지식을 전수받을 시 함께 두뇌에 각인된 기억인 듯했다.

지팡이의 간단한 내력 정보도 함께 있었다.

"자르갈의 저주받은 힘줄 지팡이군요. '칠흑의 늑대단'이라는 오크 도적 집단의 무기예요. 수백 년 전 실존한 위대한 주술사 자르갈의 힘줄을 매개로 만들어진 지팡이이고, 위크니스 마법처럼 적들의 힘을 약하게 하는 주술력이 있다고 해요."

권산은 시영에게 다시 지팡이를 받아 약간의 내기를 주입시켜 보았지만 아무런 반응이 없었다.

'역시 이 느낌은 마나에 기반이 된 힘은 아니군. 마력과 내공보다는 차라리 이능력과 비슷했어.'

권산은 지팡이를 갈무리하고 응접실로 자리를 옮겨 시영과 마주 앉았다.

로렌이 따라오려 했지만 권산이 제지했다.

"시영과 단둘이 할 이야기가 있어."

권산은 시종일관 시영을 졸졸 따라다니는 로렌에게 의아함을 느꼈다.

본래 블레어가의 저택에 초대한 것도 시영 혼자였기 때문이다.

시영은 그런 권산의 마음을 눈치챘는지 부끄러운 음색으로 입을 열었다.

"로렌과는 그렇고 그런 사이가 되었습니다. 마법에 대해 열띤 토론을 하다 보니 자연스레 그만……."

"하하, 그랬군. 축하드리오."

권산은 시영의 어깨를 두드려 주었다.

서의지도 그렇고 김시영도 그렇고 다들 화성에서 자기 인연을 찾아가는 것을 보면 의도하지는 않았지만 권산이 월하노인이 된 듯했다.

"거두절미하고 부탁하고 싶은 게 있어서 불렀소. 조만간 솔제국의 수도에 갈 예정이지 않소?"

"예. 1년에 한 번 열리는 자비에 마법학회의 포럼에 참석할 예정입니다. 제국의 수도인 캐피탈에서 열리니 곧 가게 되겠지요."

"내가 화성에 온 두 가지 이유 중의 하나를 해결하자면 캐피탈에서 누군가의 종적을 찾아야 하는데 그 문제를 도와줄 수 있소?"

김시영이 고개를 끄덕였다.

"이미 사장님께 언질을 받은 바 있어요. 암천마제라는 자의 종적을 찾는 미션이라는 것. 권산 님이 우리 화성 탐사대의 대장이시기 때문에 대원으로서 최대한 협조할 생각이고요. 그자의 용모에 대한 정보가 있나요?"

권산은 고개를 저었다.

안타깝게도 암천마제의 외모에 대한 이미지 정보는 전혀 없었다.

체형과 기도, 암천마공 특유의 사이한 마기를 통해 용살문의 사조들이 그자를 찾아낸 것이지 외모로 찾아낸 것은 아니었다.

특히나 그는 역체변용술을 익혔는지 수십 년 주기로 나타날 때마다 외모를 바꾼다는 기록도 있었다.

"음… 우선 키 180㎝ 정도의 남성, 마른 체형이고, 그는 외모를 쉽사리 바꿀 수 있는 능력이 있기 때문에 외모로 그를 찾아낼 수는 없을 것이오. 솔 제국의 리처드 시황제와는 동일인이며, 제도에 있는 명예의 전당에 그의 전신을 조각한 청동상이 있다는 것 정도를 알고 있소. 사람들은 그가 수명이 다해 죽은 것으로 알지만 그는 여전히 살아 있으며, 어딘가에서 강력한 군대를 소유한 채 제국에 영향력을 끼치고 있다고 추정되고 있소. 헌제로썬 청동상의 모습이 그가 세상에 흔적을 남긴 마지막 모습이기 때문에 그것을 기준으로 그자를 찾고자 하오."

시영이 이해했다는 듯 고개를 끄덕였다.

"일단 청동상을 스캔하고 시황제의 인물화가 있다면 습득해야겠군요. 또 제국에 영향력을 끼치고 있다면 자연히 황족들에게서 무언가 단서가 나올 듯합니다."

권산은 진지한 얼굴로 시영에게 말했다.

"그자의 무력은 불가해의 수준이기 때문에 단서를 잡았다고 해도 너무 깊숙이 접근하지는 마시오. 그럼 시영만 믿겠소. 주기적으로 위성 단말기를 통해 연락하시오."

"알겠습니다. 아, 그리고 진작부터 말씀드리려고 했는데, 탐사대의 대장이 대원에게 꼬박꼬박 경어를 하실 필요는 없어요. 말씀은 편하게 하셔도 됩니다. 나이도 저보다 많으시고."

권산은 고개를 끄덕였다.

"그래, 그렇게 하지."

권산은 저택의 하녀가 차를 가져오자 한 모금 목을 축이고 화제를 바꿨다.

"양자연구소의 연구원들이 시영, 너의 마법학 자료 덕에 아주 힘들어한다고 들었다. 성과는 좀 있어?"

"그럼요. 벌써 상당히 많은 논문을 썼죠. 하나하나가 역사에 기록될 성과예요. 아직 발표할 수 없다는 게 아쉽지만요."

한번 말문이 터진 시영은 차를 한 모금 마시고 연속으로 입을 열었다.

"제가 에너지공학 쪽으로 박사 과정을 거치며 정말 흥미롭게 공부한 분야가 있는데 바로 암흑 에너지라는 개념입니다. 현대 물리학에서는 우주 공간이 성간 물질 따위가 가진 질량에 의해 축소하지 않고 오히려 계속 팽창 가속 하는 이유를 설명하기 위해 암흑 에너지라는 개념을 도입했죠. 이 에너지가 가진 척력이 중력이 가진 인력보다 크기 때문에 그 힘으로 우주가 팽창하고 있다고 어림짐작한 거예요. 계산상 우주 총에너지의 73%나 되면서도 정확히 그 정체를 몰라 암흑 에너지니 공간 에너지니 하고 부르지만, 그 어떤 물리학자도 시원하게 증명하거나 발견하지는 못했어요. 왜냐하면 전자기력이나 핵력, 중력과 암흑 에너지가 반응하지 않기 때문이죠. 그런데 화성에 온 뒤 우주 어디에나 퍼져 있으며 마법 현상의 원료가 되는 마나의 존재를 알게 되니 자연히 암흑 에너지의 정체가 바로 마나였구나 하고 깨달은 거죠. 이건 정말 놀라운 발견이에요."

김시영은 아주 신이 난 듯했다.

물 만난 물고기처럼 그에게는 미지의 탐구심과 학구열이 있었다. 권산은 한참을 들어주다가 잠시 호흡이 끊기자 궁금한 것을 물었다.

"공간 이동 마법에 대해 듣고 싶은데. 화성 숙영지로 복귀하거나 화성에서의 이동 시간을 줄이기 위해서 말이야."

"아, 그 문제는 민지혜 실장님이 제게 문의하신 적이 있죠. 좀 더 알아보겠다고 답변드린 기억이 나네요. 공간 이동 마법은 7서클이고, 인간들의 마법 수준으로 불가능한 건 아니에요. 실제로 제국과 6대 왕국의 마탑에는 상호간의 공간 이동이 가능한 텔레포트 마법진이 설치되어 있어요. 마음만 먹으면 7서클 마법사에게 의뢰해서 화성 숙영지에 마법진을 그릴수도 있겠지만 그러면 두 가지 부작용이 있어요. 첫 번째는 그 마법사의 입을 통해 양자터널의 비밀이 새어 나갈 수 있다는 점, 두 번째는 마법진이 뿜어내는 강렬한 마력파를 마법사나 엘프들이 감지할 수 있다는 점이에요. 어찌 되었건 화성 숙영지의 비밀 유지에 문제가 되겠죠."

권산은 턱을 쓰다듬으며 고민에 빠졌다.

시영의 말에는 일리가 있었다.

"그럼 이런 아이템은 어때? 젤란드에서 내게 준 텔레포트 링이야."

권산은 손가락에 끼워진 반지를 보여주었다.

시영이 디텍트 아이템 마법으로 물건을 스캔하더니 감탄하는 어조로 입을 열었다.

"젤란드 왕실의 보물인 텔레포트의 반지네요. 이 반지의 반대쪽 소유자가 화성 숙영지에 가 있다면 용이하게 공간 이동도 가능하겠지만, 그럼 결국 젤란드 왕족이 화성 숙영지에 가야······."

결국 이야기는 원점이었다. 권산은 일단 화성 숙영지로의 공간 이동을 잠정 보류 했다. 현재로썬 양자터널의 비밀을 지키는 게 그 무엇보다 중요했다.

"천천히 생각해 볼게. 더 쓸 만한 수단이 생길 수도 있으니까."

"그럼 이만 일어나겠습니다."

"그래. 그리고 이건 선물이야."

권산이 시영에게 미스릴 섬유 갑옷을 선물했다. 시영은 감사를 표하고는 로렌과 함께 저택을 떠났다. 그러자 제인이 시종을 시켜 마차에 굴다르의 시신을 실어 보내주었다.

이로써 제법 짭짤한 현상금이 시영의 몫이 될 것이다.

시영의 모습이 완전히 사라지자 권산은 품에서 굴다르의 지팡이를 꺼내 백민주에게 주었다.

"굴다르에게서 이능력 비슷한 에너지 파장이 느껴졌어. 민주 너도 정신 능력을 발산할 수 있으니 한번 이 지팡이를 연구해 봐."

"오오, 아까 말을 들으니 엄청 귀한 것 같던데, 이거 선물인건가요?"

"그래."

백민주는 좋아서 깡충깡충 뛰었다.

팔뚝만 한 길이의 지팡이에는 알 수 없는 문양이 음각되어 있고 휴대하기도 편해 화성에 다녀온 기념품 정도로 삼으려는 속셈이다.

"그럼 카르타고의 일이 끝났으니 내일 곧바로 출발한다. 모두 준비하도록."

3장
칠흑의 늑대단 I

　　동쪽 황무지의 토굴 입구에 세 명의 남성이 서 있었다.

　　모건 후작가의 책사인 코니스와 그 수행기사 둘이었다.

　　"의뢰를 하러 왔다."

　　"취익! 겁도 없이 인간이 찾아왔군. 우리가 누군지 모르는가?"

　　토굴 속에서 오크 특유의 콧소리와 함께 거북스러운 쉿소리가 들려왔다.

　　"잘 안다. 칠흑의 늑대단 정도라면 오크 세상에 이름난 전쟁 영웅이 아닌가."

"뭘 좀 아는 인간이 찾아왔군."

토굴의 어둠 속에서 2미터가 넘는 거한이 걸어 나왔다.

무두질한 가죽 갑옷에 짐승 뼈 목걸이를 매단 거대 오크는 어깨에 보기에도 무시무시한 양날 도끼를 걸치고 있었다.

'이자가 두목인 나크둠이로군.'

"의뢰 내용은?"

"권산이라는 인간을 처리해 달라."

"겨우 허약한 인간 하나 죽여달라는 게 의뢰인가? 네놈들은 어지간히도 약한 모양이군."

"우리가 직접 처리하지 못할 사정이 있다. 그리고 권산을 무시해서는 안 된다. 그는 그랜드마스터니까. 의뢰를 받을 텐가?"

나크둠이 머리를 긁적였다.

오러 블레이드를 뿜어내는 전사들이 얼마나 강한지 몇 차례 겪어본 바 있었다.

머리보다 본능이 앞서는 나크둠이라도 한 번쯤 다시 생각해 봐야 했다.

"혼자 움직이는 자인가?"

"아니다. 현재 그는 세 명의 동료와 움직이고 있다. 그중 한 명은 소드마스터지."

"제법 힘 좀 써야 하는 의뢰로군. 대가는?"

"50만 플로린어치 다이아몬드를 선금으로 주지. 일을 무사히 끝낸다면 같은 양을 한 번 더 주겠어."

총 의뢰비 10억 원이면 모건 후작가로서도 부담스러운 금액이었지만 코니스는 아무렇지도 않게 제시했다.

나크둠은 아랫입술을 뚫고 솟구쳐 나온 어금니를 묘하게 일그러뜨리더니 '끌끌' 하고 웃었다.

"선수금으로 80만 플로린. 잔금으로 그만큼. 나는 이 조건이 더 마음에 드는데, 인간?"

무려 16억 원이다.

코니스의 안색이 어두워졌지만 그는 품에서 다이아몬드가 든 주머니와 지도 한 장을 꺼내 나크둠의 발치에 던졌다.

세지도 않았다.

아마도 나크둠이 부를 값까지 미리 예상해서 준비했을 것이 분명했다.

"선수금이다. 지도에 현재 그가 있는 위치가 찍혀 있지. 오크라도 그림은 볼 줄 알겠지?"

"춰익! 크크! 네 머리 가죽을 벗겨내 오줌으로 따라 그릴 실력은 되지."

"일이 잘 끝나면 우리 쪽에서 찾아가지."

코니스가 코웃음을 치며 토굴을 빠져나갔다.

그를 따라간 수행기사들은 저 흉포한 오크 앞에서 기개를 잃지 않은 코니스에게 내심 경탄했다.

'권산이 공작의 작위를 받는 바람에 일이 꼬였어. 천한 오크 따위에게 의뢰를 해야 하다니 기가 막힌 일이로군.'

떠나는 코니스의 등을 보고 있는 나크둠의 뒤로 작게 웅얼거리는 목소리가 들려왔다.

"쉬익! 나크둠 워치프, 늑대들을 모두 모을까요?"

"모두 불러들여라. 특히 샤먼들은 한 놈도 빠짐없이 불러라. 전쟁의 북소리를 울릴 때다. 그리고 듀라이를 시켜 저 의뢰인 놈 뒤를 밟아."

타닥타닥!

타오르는 모닥불 옆에 앉아 권산은 불길을 보며 손가락을 움직였다.

모르는 이가 보면 감상에 젖은 듯한 모습이겠지만 실제로는 렌즈 화면을 조작해 이데아와 메시지를 주고받는 중이었다.

─마인호프로 통하는 최단 경로는 이렇게 이어져요. 젤란드 내부 경로는 영지 간 연결 도로로 가야 하고, 일단 국경을 벗어나면 북동 방향으로 평원과 숲, 늪지대와 협곡을 지나야 해요. 지금의 속도로 보자면 1개월 정도 소요될 것 같네요.

'음.'

권산은 배낭에서 지도를 빼내 빠져나가야 할 국경 POINT에 점을 찍었다.

이 지도는 젤란드 전도로 국경 밖의 지형지물에 대해서는 나와 있지 않았다.

"제인, 이 점까지 가려면 어떤 영지를 지나쳐야 하지?"

제인은 지도를 가져가 불빛에 비춰 보려다가 머리카락이 흘러내려 방해가 되자 단번에 쓸어 넘기고는 끈으로 묶었다.

그녀는 키도 큰 데다 목이 길고 머리가 작아서 지구에서 태어났다면 톱 모델이 되고도 남을 모습이었다.

"우드로 남작령, 아글버트 백작령을 지나는 경로가 최적으로 보여. 그런데 지형상 아글버트 백작령은 무조건 지나가야 하는데 좀 걸리는 게 있어."

"응?"

"아글버트 백작은 모건 후작의 측근이거든. 영지전 이후 모건 후작과 우리가 사이가 좋을 리 없으니까."

"모건 후작이라……. 또 그 이름을 듣는군. 그럼 그의 영지는 지도에서 어디지?"

제인이 손가락으로 한쪽을 가리켰다.

여정의 동선상에서 보자면 거리가 있었다.

권산은 조금 아쉽다는 듯 입맛을 다셨다. 사사건건 훼방을 놓는 그를 이번 기회에 철저히 밟아줄 생각을 하고 있는 것이다.

"내가 공작이고 그가 후작이니 예전과 같이 굴지는 못할 거야. 그런데 모건 후작은 대체 어떤 인물이지?"

"나도 많이 알지는 못해. 그저 젤란드 귀족 제일의 실세라는 것 정도는 말할 수 있겠어. 그의 후작령은 노엄 공작의 공작령보다도 더 넓고 비옥하지. 그의 선대부터 인근 영지를 계속해서 병합한 결과야. 야망에 걸맞은 수완이 있다고 아버지에게 들었어. 그를 따르는 귀족도 많아서 만약 젤란드 왕실이 망한다면 솔 제국이 그를 왕으로 책봉할 거라는 풍문도 있다고 하지."

권산이 생각한 것보다 모건 후작이라는 사람은 대단한 인지도가 있었다.

권산은 문득 왕실이 그에게 공작의 작위를 하사하고 텔레포트 링까지 줘가며 그를 끌어들인 건 외국의 침략이 무서워서가 아니라 모건 후작을 경계하기 위함일지도 모르겠다는 생각이 들었다.

"그와는 왠지 머지않은 미래에 만날 것 같다는 예감이 드는군."

*   *   *

비단 젤란드 왕국의 문제만은 아니겠지만, 드넓은 영토에 비해 봉건 영주들의 자치권은 좁았다.

포장된 길도 없이 표식물만 있는 북동 대로를 따로 반나절을 달렸지만 아직도 행정력이 미치지 않는 붉은 황무지만이 일행의 앞에 펼쳐져 있었다.

"권산 오빠, 좀 쉬었다 가요. 너무 지치네요."

백민주가 가장 먼저 나가떨어졌다.

다른 사람은 그녀의 치유나 버프 능력을 받아 체력을 회복할 수 있었지만 그 이능력은 본인 대상으로는 동작하지 않았다. 자연히 백민주의 체력 상태에 맞게 일행의 여정이 조정되었다.

"우드로 남작령에 곧 도착할 줄 알았는데 엄청 머네요. 히잉. 말 타느라 엉덩이가 엄청 아프다고요."

"이럴 줄 알았으면 치료 마법 반지를 준비할 걸 그랬군."

"네, 꼭 좀 사줘요, 오빠. 진짜."

죽는 소리를 하는 백민주였으나 그녀의 체력이 약한 편은 아니었다.

처음 그녀를 만났을 때는 중급 헌터였으나 지금은 상급 헌터로 올라서 있는 상태이니 여러 레이드를 거치며 일반인보다 훨씬 강한 체력을 가졌을 터이다.

다만 권산이나 제인이 혹독한 수련을 거치다 보니 상대적으로 비교가 되는 점은 어쩔 수가 없었다.

몰약 나무 한 그루가 만든 그늘에 말을 묶고 휴식을 취하는데 서의지가 벌떡 일어나 동쪽 방면을 바라보았다.

권산의 시야에도 희미하게 먼지구름이 일어나는 게 보였다.

"서의지, 뭐지?"

"큰 괴수, 아니, 몬스텁니다. 흑색 털의 늑대 형상인데 제가 본 어떤 늑대보다도 큽니다. 육중해 보이는데도 날렵하군요. 그런 놈이 두 마리이고, 그 앞에 마차 행렬이 쫓기고 있습니다. 지금 거의 따라잡혔어요."

서의지의 시력으로만 보이는 상황이라 영상 공유를 할 수는 없었지만 그가 한 묘사만을 가지고 이데아가 렌즈에 그래픽과 자료를 띄웠다.

권산은 즉시 동료들에게 공유했다.

[다이어울프]

전장 3미터, 어깨 높이 1.5미터, 체중 200㎏ 정도의 거대 늑대. 난폭한 습성이며 닥치는 대로 인간을 습격한다. 육식성에 부분적으로 잡식이다. 오크족이 테이밍하여 부리기도 한다. 무는 힘이 강하므로 주의할 것.

"시간이 없군. 저들이 당하겠어. 의지는 즉시 저격하고 제인은 나와 가자."

권산은 팬텀 아머에 올라탔고, 제인도 말에 올라 옆구리에 붙여놓은 장창을 붙잡았다. 전속력으로 달려가는 와중에 서 의지의 보라색 광자탄이 연거푸 날아갔다. 날아간 광자탄이 늑대들의 머리를 때렸고, 그 덕분에 마차와의 간격이 가까스로 벌어졌다.

권산과 마차 무리는 급격히 가까워졌다. 새파랗게 질린 마부의 시선이 권산을 훑고 지나가자마자 권산은 품에서 단검을 꺼내 던졌다. 희미하게 검강을 띤 단검은 다이어울프 한 마리의 미간을 지나 몸통까지 꿰뚫었다.

비명조차 지르지 못하고 한 마리가 절명했고, 권산은 즉시 리와인드 마법을 발동해 단검을 회수했다. 그사이 제인은 기마의 돌진력을 이용해 남은 한 마리를 꼬치로 만들었다.

"크앙!"

몸통을 관통하고 땅에 박힌 창 촉에 푸른 오러 블레이드가 넘실대는 걸 보니 제인의 기술이 한층 능숙해진 듯 보였다.

"이빨 한번 무지막지하게 생겼군."

"선공이 제대로 먹혔어. 평원에서 종종 볼 수 있는 놈들인데 덩치도 크고 지능이 있어서 쉬운 놈들은 아냐."

"그럼 돌아가자."

권산과 제인이 말 머리를 돌리자 마차 대열이 멈춰서 그들을 기다리고 있었다. 마차는 총 열 대로 짐마차로 되어 있는 게 상단으로 보였다.

상단원들이 우르르 마차에서 내렸고, 가장 앞에 배가 불뚝 나오고 머리가 벗겨진 중년인이 앞으로 나섰다. 상단 행수로 보였다.

"정의로운 기사님들의 도움에 감사드립니다. 저는 길시언 상단을 이끌고 있는 테피라고 합니다. 기사님들의 명예로운 존함을 알 수 있겠습니까?"

권산이 먼저 대답했다.

"권산 노스랜더 공작이다."

"블레어 백작가의 제인 블레어다."

테피는 깜짝 놀라서 무릎을 꿇고 둘을 올려다보았다. 그가 모시는 길시언 자작과는 비교도 할 수 없이 지체 높은 귀족이다. 얼마 전 왕국에 새로운 공작이 나타났다는 것은 그도 들은 바가 있었다.

"하늘같은 높고 귀한 혈통을 알현하니 일생의 광영이옵니다."

테피는 호들갑을 떨며 아부했다. 이 세계에서 상단을 운영하며 귀족을 상대하는 것에 도가 튼 인물로 보였다.

권산은 그의 눈을 직시하며 물었다.

"이 정도 규모의 상단이 호위 병력도 없이 상행을 하나?"

그러자 테피가 침울한 표정으로 대답했다.

"젤란드 남부의 길시언 영지를 출발할 때는 30명의 용병이 함께했습죠. 그런데 지금은 모두 다이어울프 떼에 당했습니다. 젤란드 국경 내에서는 많이 토벌되어서 한 번 만날까 말까한 놈들인데 정말 이상했습니다. 어제부터 본 것만 다섯 마리가 넘었으니까요. 마치 평원을 뒤져서 뭔가를 찾는 것처럼 쉴새 없이 돌아다녀서 피할 수도 없었습죠. 그러다 습격을 받았고, 호위 용병을 모두 잃고 이렇게 쫓기는 차였습니다."

'단순히 운이 없었던 건가?'

권산은 짤막하게 인사하고 몰약 나무 그늘로 돌아가려 했다. 그런데 제인이 그런 권산을 불러 세웠다.

"잠깐만. 확인할 게 있어."

제인이 테피를 내려다보며 물었다.

"목적지가 어디지?"

"로도스 교역장입죠."

권산이 처음 들어보는 지명이었다. 제인이 다가와 슬며시 귓속말을 건넸다.

"동행하자, 권산."

"왜지? 우리 여정이 늦어질 텐데."

"맞아. 로도스를 들르면 최단 거리 루트에서는 벗어나게 될 거야. 하지만 그곳에서 엘프 길잡이를 구할 수 있어. 그러면 마인호프까지의 여정이 쉬워질 거야. 전인미답의 루트라 그게 유리해. 더구나 저 상단 무리에 섞이면 우리 신분을 노출하지 않고 국경까지 갈 수 있어. 혹시나 아글버트 백작 측에서 우리를 귀찮게 할 수도 있으니 그걸 피할 수도 있겠지."

길게 생각해 보지 않아도 합리적인 판단이었다. 영지의 백성들은 이방인들에 대해서는 무조건적인 경계심이 있었다. 일행이 영지에 도착하면 즉시 소문이 날 것이고, 모건의 측근인 아글버트가 귀찮게 굴 가능성이 농후했다.

"좋아, 그렇게 하지."

"그럼 내가 협상할게."

제인은 테피에게 조금 전 전투의 대가를 요구했다. 더불어 추가 보수만 지불한다면 로도스까지 추가 호위를 해줄 용의도 있음을 알렸다.

'귀족이 평민 상단을 호위하다니, 이런 듣도 보도 못한 경우가 있나.'

당황한 테피가 망설이자 권산이 쐐기를 박았다.

"우리는 시간이 없다. 결정했는가?"

"그, 그래만 주신다면 3만 플로린을 드리겠습니다."

적정했다. 더 협상할 필요는 없을 듯했다.

"좋다, 조건은 선금이다. 그리고 용병으로 우릴 고용했으니 우리 신분에 대해 함구해라."

구두계약을 끝낸 권산은 골드 플로린을 받아서 짐 주머니에 넣었다. 마차가 전진을 시작하자 서의지와 백민주가 말을 타고 나타났다. 권산은 둘에게 상황을 설명하고 마차 대열의 후미에 붙었다.

"용병단장은 용병단장이네요. 깨알같이 의뢰를 받아서 돈을 벌다니. 역시 권산 오빠라니까."

"용병이나 헌터나 일은 비슷하다."

"뭐, 상단 호위 용병으로 가장하기로 했으니까 오빠의 그 금속 말에 뭐라도 좀 씌워요. 아마 그것만 봐도 신분이 다 들통 날걸요."

"다음 영지에서 구해서 씌울게."

세 시간을 더 가자 우드로 남작령이 나타났다. 남작령답게 고만고만한 규모였고, 여관이 한 군데밖에 없어서 상단 모두가 그곳으로 몰려갔다. 테피는 영주성으로 가서 우드로 남작에게 인사 명목의 금품을 건넸다. 통행세야 영지 외벽을 통과할 때 이미 내었으나 이렇게 해야 뒤탈이 없다는 것은 그의 오랜 경험상 자연스러운 이치였다.

"하하, 몇 달 만에 다시 왔구만, 테피. 길시언 자작님께서는 강녕하신가?"

"남작님 덕에 항상 건강하십니다. 우드로 영지 덕에 우리 상행로가 안전하니 자작님께서도 많이 고마워하십니다요. 이

건 이번 인사비입죠."

"뭘 이런 걸 다. 매번 고맙네. 하하! 그런데 이번에 데리고 온 호위 용병은 좀 특이하다던데. 무장 상태나 말들 때깔도 좋고, 특히·마법 종자도 하나 있다던데."

테피는 진땀을 흘리며 둘러댔다.

"요즘 평원에 몬스터가 많아져서 특별히 상급 용병을 썼습 죠. 소수라도 아주 실력이 좋습니다."

"그런가? 아주 잘되었군."

다행히 우드로 남작은 더 묻지 않았다. 묵직한 돈주머니에 더 관심이 가고 있으니 쓸데없는 대화는 더 이상 필요치 않았 다.

권산은 잡화점에서 두꺼운 소재의 천을 샀다. 팬텀 아머에 덮고 이리저리 잡아당겨 고정하니 자세히 보지 않고서는 마법 종자라는 사실을 알 수 없을 듯했다.

여관으로 돌아가니 서의지와 백민주가 홀에서 맥주를 마시 며 상단 또래들과 잡담을 나누고 있었다. 붙임성이 좋은 서의 지가 나선 것이 분명했다. 상단에서는 둘을 권산의 시종으로 보고 있기 때문에 격의 없이 대화가 되는 듯했다. 가벼운 대 화 속에 이런저런 정보를 얻어내는 건 서의지의 장기였다.

'잘하고 있군.'

권산은 2층에 올라가 제인의 방문 앞에 섰다.

"제인, 안에 있지?"

권산은 안에서 인기척이 느껴지자 가볍게 노크하고 문을 열었다.

"묻고 싶……".

문을 연 권산도, 방 안에서 막 목욕을 마치고 나와 머리를 닦던 제인도 그대로 굳었다. 그녀는 큰 수건을 몸에 감기는 했으나 놀라서 손을 놓는 바람에 수건이 흘러내려 굴곡진 몸매와 매끄러운 피부가 여지없이 노출되었다.

4장
칠흑의 늑대단 II

잠시의 정적.

먼저 입을 연 것은 제인이었다.

"뒤돌아."

"미안하다."

옷을 입는 듯 스륵거리는 소리가 들렸고, 이윽고 제인의 목소리가 들려왔다.

"다시 돌아도 돼."

다시 몸을 돌리자 제인은 경장 차림으로 창문 앞 의자에 앉아 있었다. 여정 중 쌓인 화성의 흙먼지를 씻어내고 머리를 단정히 묶고 있었다. 매끄러운 목선과 화장기 없는 갈색 피부가 적발과 대비되어 몹시 순수한 느낌을 풍겼다.

권산은 제인의 맞은편 의자에 앉았다.

"봤지?"

"봤어."

"어때? 마음에 들어?"

"……."

권산이 아무런 대답을 못 하자 제인이 씽긋 웃으며 말했다.

"백만 플로린짜리 몸을 봤으니 권산은 내게 빚을 진 거야. 나중에 부탁을 하나 할 테니 꼭 들어줘."

권산이 쓴웃음을 지었다. 노크를 하자마자 부주의하게 들어와서 일을 만든 건 자신이었다. 백번 사죄해도 모자랐다.

"들어줄 수 있다면 들어줄게."

"그런데 뭘 물으려 했어?"

"로도스 교역장에 대해서 내게 정보가 없어. 지도에도 나와 있지 않고 말이야. 알고 있는 걸 말해줘."

제인의 눈이 반짝거렸다. 여러 번 느끼지만 권산은 그 대단한 무학이나 전략적인 식견 외에 세상 물정에는 어두웠다. 권산에게 자신이 필요하다는 생각이 들자 그녀는 기분이 좋아졌다.

"엘프족과는 50년 전부터 전쟁 중이야. 국지적인 국경 분쟁은 아직도 자주 있고. 그런 이유로 공식적으로는 젤란드와 엘프족 간에 무역은 없어. 하지만 엘프들이 가진 물건들을 얻고 싶어 하는 귀족들은 널리고 널렸기 때문에 그 수요를 맞추기 위해 밀무역이 성행하고 있지. 왕실에서도 다 알고 있지만 눈 감아주는 부분이기도 해. 왕실에서도 필요한 엘프족 물건이 있으니까 말이야. 그렇게 국경 밖 엘프족 영역 안에 자연 발생적으로 만들어진 마을이 있어. 그곳에서 인간 상인과 엘프 상인이 만나서 물물교환을 하지."

"젤란드만 밀무역을 하고 있어?"

"그건 아냐. 아케론 지역과 국경을 맞대고 있는 파르티아 왕국이나 롬바르드 왕국 역시 비슷한 교역장을 두고 있을걸."

"주로 어떤 물건이 교환되지?"

"엘프들의 물건은 거의 모든 물품이라고 보면 돼. 그들의 물건은 심미적으로 아주 아름다워서 그걸 모으는 귀족들이 많지. 인간 쪽에서 보내는 물품은 좀 한정되어 있어. 실크, 초콜릿, 홍차, 커피, 향신료 따위인데 특히 커피가 인기 품목이야. 아마 길시언 상단 마차에 실린 품목도 대부분 그쪽일 거야."

'커피라……'

권산은 제인의 방을 나선 뒤 자신의 방에 들어와 곰곰이 생각에 빠졌다. 어찌어찌 마인호프에 도달한 뒤 드워프 보롬의 주선으로 엘프족 상층부와 만난다고 해도 그다음이 문제였다.

'성약을 얻으려면 그에 상응하는 대가를 줘야 할 텐데 현재로선 그게 무엇인지 알 방법이 없다.'

엘프가 드워프처럼 괴수의 희귀 광물이 필요할 것 같지도 않았다. 그러니 엘프들의 기호에 대해 궁금증을 가진 것이다.

"이데아."

—네, 주인.

"민 실장에게 연락해서 지구에 현존하는 최고급 원두를 구해줘. 그리고 내가 국경을 벗어나기 전에 받을 수 있는 방법이 있는지 확인해 줘. 돈은 얼마가 들어도 좋아."

—아휴, 주인. 좀 일찍 말하시지. 지금 화성 숙영지까지 거리가 얼만 줄이나 아세요? 400㎞라고요. 힝!

'조금 안일했군.'

준비성이 철저했다면 화성 숙영지에 들렀을 때 물건을 받아 올 수도 있었을 것이다. 하지만 이미 쏘아진 화살이다. 그날 밤 민지혜로부터 영상통화가 수신되었다.

—이데아에게 메시지를 받았어요. 안 그래도 요즘 보고드릴 내용과 겹치는 바가 있어서 지금 연락드렸어요.

"응. 말해줘."

—일단 최고급으로 10종 정도의 원두를 구할게요. 그런데 숙영지부터 권산 님까지의 거리가 250㎞가 넘기 때문에 순항

드론 운송은 불가능해요. 거리를 늘리기 위해 내연기관을 부착한다 해도 SF6 가스 탓에 드론이 제 출력을 내지 못해요. 그러니 양자터널 직경 안쪽을 통과할 수 있으면서 장거리 운송을 하자면 현 시점에는 한 가지 방법밖에 없어요.

"그게 뭐지?"

—로켓이에요. 화성 숙영지에서 지대지 순항미사일을 쏘는 거예요. 탄두에 원두가 담긴 캡슐을 담고요. 로켓 기관은 SF6의 방해를 거의 받지 않기 때문에 이론적으로는 충분히 가능해요. 다만 한 발에 100억 원이기 때문에 도저히 경제적이진 않네요.

돈이 문제인 시점은 아니었다. 권산의 계좌에는 지금도 J&K제약에서 입금되는 어마어마한 수입이 있었다. 수천억 원의 자금이 있으니 문제될 것은 없었다.

"진행해 줘. 국경을 벗어나기 전에 받을 수 있게만 해줘."

—역시 시원하시네요. 알겠어요. 그리고 따로 건의드리고 싶은 부분이 있어요. 화성 숙영지에 레일건 포대를 세우는 게 어떨까 싶어요.

"레일건(Rail Gun)을?"

—네. 레일건은 화약이 아닌 전자기력을 이용해서 포탄을 날리기 때문에 SF6 가스에 영향을 받지 않아요. 사정거리도 최대 400km까지는 날릴 수 있죠. 세우는 데 1천억 원 정도 필

요하긴 하지만 일단 만들기만 하면 이번 같은 일에 유용하게 쓰일 것은 물론, 아르고 용병단이 노스랜더 영지 확장 시에 원거리 지원으로 쓸 수 있어요.

"좋은 아이디어야. 그런데 전력 소모가 엄청날 텐데 원자로를 쓸 생각이야?"

민지혜가 잠시 고민하더니 답변했다.

─네, 그 방법밖에는 없어요.

권산이 고개를 저었다.

"원자로는 여러모로 위험해. 필요한 전력 스펙을 계산해서 강철중에게 데이터를 보내봐. 록스타 영감이 엘릭서를 연료로 하는 마법 발전기를 만드는 걸 본 적이 있어. 그만한 초대형 발전기도 가능한지 확인해 보자."

─네. 그럼 가능성이 확인되면 개시해도 될까요?

"그래. 개시해. 레일건 포대 하나 두자고."

칠흑 같은 밤.

하늘에 떠 있는 두 개의 달을 가리며 스멀스멀 먹구름이 밀려들었다. 우드로 영지의 외벽 위에는 경비병들이 목에 피를 흘리며 쓰러져 있었고, 그 피 웅덩이를 밟으며 일단의 그림자들이 영시를 주시하고 있었다.

"취이익!"

"로크 가로쉬 오가르! 적에게 피의 철퇴를!"

오크들은 언제나 전쟁을 갈구한다. 유전자에 새겨진 그들의 숙명이며 삶의 목적이었다. 마침내 나크둠의 지시가 내려왔다.

"번개 주술을 써라."

흰 동물의 가죽으로 두건을 뒤집어쓴 주술사 열 명이 앞으로 나섰다. 입으로 웅얼거리며 손으로는 지팡이를 흔들어 주술력을 끌어올렸다. 번개의 주술은 오크 주술에서도 최강의 공격력을 자랑한다.

나크둠은 어금니를 매만지며 어둠을 응시했다. 평원에 흩어진 늑대단이 아직 절반도 모이지 않았지만, 습격의 적기를 놓칠 그가 아니었다. 때마침 먹구름도 몰려오지 않는가.

전쟁과 파괴의 오그마 신이 함께하는 밤이 분명했다.

영지 어디에 적이 있는지는 알 수 없었다. 하지만 번개 주술이 시작되면 이곳은 초열지옥이 된다. 제아무리 소드마스터라도 번개에 맞으면 죽는다.

번쩍!

쾅! 콰콰쾅!

천지가 개벽하는 섬광과 함께 뇌전이 연속으로 내리꽂혔다. 빛과 소리가 폭발하며 수십 발의 번개가 영지 이곳저곳을 강타했다.

"끄아아악!"

"불이야!"

"살려줘!"

놀란 주민들의 비명이 천둥에 묻혀 사라졌다. 영지 전체가 화마에 휩싸였으며, 직격뢰를 맞고 타버린 사람, 직격은 피했지만 유도뢰에 감전되어 죽은 사람 등 아비규환이 따로 없었다.

"취이익! 끌끌끌!"

"오가르, 오크에게 승리를!"

칠흑의 늑대단이 승리의 기쁨을 터뜨리고 있었다.

10분 전.

권산의 눈이 번쩍 뜨였다.

'뭐지, 이 기분은?'

육감이라고 할 수 있을까. 몹시 꺼림칙한 느낌이 스멀스멀 올라왔다. 뭔가 힘이 느껴지는 것은 아니었다. 그러기에는 여관과 외벽 사이의 거리가 상당했다. 그러나 유궁의 경지에 오른 뒤로 상단전에 기혈이 트이면서 권산의 육감은 더욱 민감해지고 발달해 있었다. 육감이 경고하는 위기를 허투루 넘길 수 없었다.

권산은 무기를 챙기고 방을 나서며 사자후를 토해냈다.

"비상 상황이다! 모두 완전무장하고 1층에 모여!"

여관에 쩌렁쩌렁하게 울린 고함에 파티원들은 물론이고 상단원들도 모두 놀라서 잠에서 깼다. 다들 무슨 일인지 확인하는지 머뭇거렸고, 파티원들이 제일 먼저 무장을 갖추고 홀로 모여들었다.

"대장 형님, 무슨 상황이죠?"

"권산 오빠, 습격이에요?"

"무슨 일이야?"

권산은 고개를 저었다.

"예단할 수 없다. 안 좋은 느낌이 들었어. 상황이 확인될 때까지 잠시 대기한다."

권산은 기감을 최대한 넓게 펼쳐 주변의 상황을 느꼈다. 여관이 누군가에게 포위된 것은 아닌지, 어떤 마법적인 힘이 있는 건 아닌지 찾아내는 것이다.

'천지간 기운의 흐름이 헝클어지고 있다. 음양의 조화로움이 무너지고 그 가운데 화기가 상승한다. 이것은!'

"번개다! 모두 지하실로 내려가!"

권산은 벼락처럼 소리쳤다. 분명 번개가 내리칠 것이다. 자연적인 것인지 인위적인 것인지는 알 수 없지만 천지간의 기운이 뇌전을 부르기 직전이었다. 숙박객들은 어리둥절하며 웅성거렸으나 권산이 살기에 가까운 기운을 내뿜어 공포심을 끌어내자 깜짝 놀라 우르르 지하실로 내려갔다. 술을 보관하기 위한 제법 넓은 지하실이 있어 30명 정도의 숙박객 모두가 들어갈 수 있었다. 지하실의 문을 닫자마자 여관에 뇌전이 내리꽂혔다.

번쩍!

콰콰콰콰쾅!

다섯 발의 뇌전이 내리꽂히자 2층 객실이 통째로 날려가고 1층 일부가 반파되었다. 멋모르고 잠에 빠져 있었다면 바로 죽은 목숨일 터였다.

귀청이 떨어져라 반복된 천둥이 잦아들자 권산은 지하실 문을 박차고 뛰쳐나갔다. 여관은 이미 폐허 직전에 이르러 있었다. 상대적으로 건물의 높이가 높아 뇌전의 피해가 컸다. 사방에 불이 붙어 영지 전체가 장작 위에 올라간 꼴이었고, 아비규환의 비명과 죽음이 대지에 가득했다.

"이런 말도 안 되는 낙뢰라니!"

이런 참상은 권산도 일찍이 본 적이 없는 수준이었다. 북쪽을 바라보자 가장 높은 첨탑을 가진 영주성이 보였다. 그런데 그쪽은 번개가 전혀 떨어지지 않은 듯 보였다. 마을과 영주성 사이의 거리가 그리 멀지 않은데 건물의 높이 차를 무시하고 낮은 쪽에만 일방적으로 번개가 떨어지다니 있을 수 없는 일이었다.

'마법적인 개입이 분명하다.'

권산은 파티원들에게 외쳤다.

"적이 있다! 서의지는 적의 위치를 찾아! 민주는 나와 제인에게 버프를 걸어주고 이후에는 주민들을 치료해 줘!"

"알겠어요!"

서의지가 그나마 멀쩡한 건물의 지붕으로 올라가 사위를 살폈다. 어둠과 거리를 뚫고 서문 방향 외벽에 운집한 그림자들을 포착했다.

"서쪽 성벽 위에 20명 정도의 그림자가 보입니다. 모두 무기를 들고 있고, 어두워서 피부색이 보이진 않지만 외모가 인간의 형상이 아닙니다. 오크족 같아요."

"좋아, 의지는 저격 지원 하고 나와 제인이 간다."

뛰어가는 둘의 등 뒤로 백민주의 백색 광선이 달라붙었다. 버프를 받은 둘의 신체 능력이 빠르게 솟구쳤다. 제인은 단련된 기사답게 버프로 증폭된 신체를 십분 활용해 100미터를 10초대에 주파했다. 경갑을 입고 무기를 든 채로 시속 360km/h 로 달리는 정도이니 신법을 쓸 필요도 없을 만큼 가공할 속도였다.

'그녀의 버프 흡수는 세 배 이상인 것 같군.'

권산은 제인과 보조를 맞춰 달렸다. 성벽이 빠르게 가까워지자 권산은 품에서 단검을 꺼내 던졌다. 검이 날카로운 파공

성을 내며 날아가 돌을 뚫고 박혔다.

"제인! 밟고 뛰어!"

권산은 블랙 그래비티를 꺼내고 성벽을 밟고 허공으로 날아올랐다. 그 찰나에도 멀리서 보라색 광자탄이 날아들어 오크 주술사의 머리에 직격했다.

"취이익! 적이다!"

"습격이다!"

보이지도 않는 거리에서 쏟아지는 마력탄에 의해 오크들은 혼란에 빠져 있었다. 서의지는 집요하게도 오크 전사를 피해 주술사만을 노렸고, 그 바람에 주술사들은 이리 피하고 저리 피하느라 난리법석이었다.

권산은 단숨에 검기를 뽑아내 오크 주술사 하나를 베었다. 어떻게 번개를 유도했는지는 몰라도 이 영지에 벌어진 참상은 바로 이 오크족들의 짓이다.

'천인공노할 놈들. 영지민들을 학살하다니.'

권산을 발견한 오크 전사 하나가 고함을 치며 대검을 휘둘렀다. 권산이 검을 세워 방어함과 동시에 막 성벽 위로 올라선 제인이 뛰어들며 레이피어로 찔러들어 갔다. 섬전과 같은 세 번의 찌르기가 미간과 목, 명치로 동시에 박혀들어 갔다.

"크에엑!"

권산과 제인은 성난 사자처럼 날뛰었다. 오크 전사들은 2미터에 육박하는 거대한 체구를 가진 데다 흉포함을 인정받은 상급 전사들이었으나, 힘에서조차 권산을 능가하는 이가 없었다. 검에 실린 경기와 중량 증가 마법의 묘용이었다.

오크 전사들의 팔다리가 잘려 나가며 글레이브와 대검이 허공으로 비산했다. 함성과 포효, 비명과 뜨거운 핏물이 성벽 위를 뜨겁게 장식했다.

주술사들이 모두 절명하고 다섯 명의 오크 전사가 남았을 때 한 오크가 처음으로 권산의 참격을 막아내었다. 오크의 양 날 도끼에는 뿌옇고 흰 기운이 서려 있었다.

'검기를 막아?'

한눈에 봐도 가장 강력해 보이는 오크였다. 바로 칠흑의 늑대단 단장인 나크둠이었다. 제인이 다른 오크들을 상대하는 동안 권산은 용살검법을 본격적으로 전개하며 나크둠을 압박했다. 이 오크는 엄청난 근육에서 뿜어지는 외력을 기반으로 상당한 레벨의 전투 기술을 보유하고 있었다. 권산은 놀라운 마음이 일어 자신도 모르게 입을 열었다.

"놀랄 노자로군. 이만한 무술을 가졌다니."

결코 과대평가한 것이 아니었다. 빼어나게 실전적인 데다 초식에 녹아 있는 묘리는 체계적인 무학의 계승 없이는 담아 내기 힘든 수준이었다.

"인간의 그랜드마스터도 나 나크둠의 '천둥군주 사냥술'을 알아보는군."

권산은 본격적으로 기운을 끌어 올렸다. 감탄은 감탄이고 싸움은 싸움이었다. 권산의 검에서 1m가 넘게 검강이 솟구쳤다. 그 찬연한 빛에 모든 오크 전사들과 제인까지도 경외의 눈으로 권산을 쳐다보았다.

"끝이다, 오크!"

권산이 초살참을 전개하려는데 갑자기 나크둠이 고함을 내질렀다.

"아라쉬 살론 오그마! 칠흑의 늑대들이여! 오그마 신의 부름이다!"

살아남아 있던 세 명의 오크 전사가 무기를 내던지고 맹렬하게 육탄 돌격을 해왔다. 권산은 검강으로 하나를 절단하고 두 번째 오크를 베는 중에 나크둠이 외벽 바깥으로 몸을 날리는 것이 보였다.

나크둠의 손에는 나무로 조각된 토템 하나가 쥐어져 있었다. 두 마리의 짐승이 서로의 목을 물어뜯고 새의 날개, 구름과 번개 문양이 음각된 섬뜩한 형상의 토템이었다.

오크의 웃음.

권산은 분명 나크둠이 웃는다고 느꼈다. 성벽 너머의 어둠 속으로 시리지며 그자의 반대쪽 손이 토템의 목을 꺾어가는 것이 똑똑히 보였다.

'뭔가 있다.'

이능력 에너지와 유사한 주술적인 파동이 토템을 중심으로 퍼져가는 게 느껴졌다. 절체절명의 위기감이 머리끝까지 솟구쳤다.

권산은 온 힘을 다해 벽력탄강기를 끌어 올리고 몸을 날려 제인을 안았다. 제인의 몸이 벽력탄강기의 보호막에 들어온 순간 성벽 위에 널브러진 모든 오크의 시체가 일제히 폭발했다. 살아남아 있던 두 명의 오크 전사도 몸이 터져 나가기는 마찬가지였다.

퍼엉!

콰콰콰쾅!

전투가 개시하기 전, 명예로운 전사들의 피를 매개로 발동하는 혈폭의 주술을 걸어놓은 것이다.

사방에 핏물이 비산하며 육편이 엄청난 파괴력으로 사방을 쓸어버렸다. 단단한 성벽 절반이 날려갈 정도의 가공할 위력이었다.

권산은 오랜만에 내장이 진탕됨을 느꼈다.

'오크가 이렇게 강한 종족이었다니… 완전히 당했군.'

권산은 품에 안은 제인을 내려다보았다. 자신이 이 정도라면 제인 역시 적지 않은 충격을 받았을 터이다.

"제인?"

제인은 의식을 잃은 채 입가에 피를 흘리고 있었다. 내상의 흔적이다. 슬쩍 기운을 불어넣어 살피니 가볍지 않은 부상이었다.

"칫!"

권산은 안력을 돋워 성벽 너머의 어둠을 쏘아보았다. 흑빛 다이어 울프에 올라탄 나크둠이 저 멀리 사라져 가는 게 보였다. 권산은 제인을 번쩍 안아 들고 여관 쪽으로 몸을 날렸다.

5장
트라키아 산의 싸움 I

영지는 박살이 났다.

거의 모든 건물의 지붕이 낙뢰에 맞아 터져 나갔고 불에 타 없어졌다. 우드로 영지에서 멀쩡한 건물이라고는 영주성 하나밖에 없었다.

수백 명의 사상자가 나왔는데 회복 마법을 쓸 줄 아는 마법사가 하나도 없는 우드로 남작령의 형편으로 보자면 절망적인 상황이었다. 백민주는 탈진할 지경으로 치유 이능을 사용했고, 직격뢰에 맞아 사망한 수십 명을 빼고는 최악의 비극을 막을 수 있었다.

백민주는 우드로 남작이 마련해 준 침소에서 꼬박 3일을 내리 잤다. 이능력은 두뇌에 잠재된 미지의 힘을 끌어내기 때문에 그녀의 정신력에 굉장한 과부하가 걸린 것이다.

백민주의 옆 침상에는 제인이 누워 있었다. 그녀 역시 아직 정신을 차리지 못했다. 혈폭의 주술이 끼친 충격파에 내상을 입었지만 추궁과혈을 통해 완치 단계에 들어서 있었다.

서의지는 의자에 앉아 꾸벅꾸벅 졸고 있었다. 백민주를 도와 영지민을 살리기 위해 동분서주한 피로감이 아직까지 쌓여 있는 것이다. 백민주는 목숨이 경각에 달한 이들을 딱 죽지 않을 정도까지만 회복시킨 뒤 다음 사람에게 능력을 사용했기 때문에 그들을 안전한 곳으로 운반하고 간호하는 일이 보통 일이 아니었다. 살아남은 영지민과 길시언 상단원까지 모두가 동원되어 필사적인 3일을 보냈다.

우드로 남작을 만나고 어쩔 수 없이 신분이 노출된 권산은 영주성에서 극진한 대우를 받았다. 비단 신분이 아니더라도 권산 일행은 영지의 은인이었다.

"으음."

백민주가 일어나려는지 몸을 뒤척였다. 침상에서 활짝 기지개를 켜고 몸을 일으킨 그녀가 작은 목소리로 혼잣말을 내뱉었다.

"아, 배고프다."

백민주는 주변을 둘러보았다. 동물원 원숭이 보듯 자신을 쳐다보는 권산과 서의지, 잠옷을 입은 채 잠들어 있는 제인 등 모든 전경이 기절하기 직전의 상황과 너무도 달라서인지 이게 무슨 상황인지 파악이 되지 않았다. 한마디로 잠이 덜 깬 상태였다.

'제인은 안 그래도 예쁜데 공주 잠옷을 입으니 더 예쁘네. 그런데 잠옷? 제인이 이런 옷을 입었던가?'

백민주는 자신의 몸을 내려다보았다. 제인과 같은 양식의 잠옷이다. 귀족가의 소녀들이 입을 법한 레이스 달린 촌스러운 디자인이다.

"뭐, 뭐야? 누가 나 갈아입혔어? 의지 오빠야? 권산 오빠야? 봤지! 봤구나, 봤어! 이런 응큼쟁이들!"

권산은 실소를 터뜨리며 방문 쪽으로 턱짓을 했다. 막 수프를 쟁반에 담아 들어오고 있는 시녀가 눈에 들어왔다.

"아! 진작 말하지 그랬어요!"

"완전히 기운을 차렸군. 다행이야, 우드로의 성녀."

권산이 빙긋 웃으며 말하자 백민주는 스푼으로 수프를 입에 밀어 넣으며 흘낏 쳐다보았다.

"그게 무슨 괴상한 별명이에요?"

"창문을 한번 열어봐. 그럼 알게 될 것 같은데?"

백민주는 수프를 마저 마시고 창문을 열어 베란다로 걸어

나갔다. 영주성의 안과 밖으로 빼곡히 들어선 간이 천막이 눈에 들어왔다. 집을 잃은 영지민과 부상을 입고 누워 있는 이들의 병상 천막이었다.

"성녀다! 성녀가 깨어나셨다!"

"진짜다!"

"우드로의 성녀 만세!"

"성녀님, 젤란드에 축복을 내리소서!"

영지민들이 삽시간에 천막 밖으로 나와 백민주를 올려다보며 만세를 외쳤다. 감격에 겨워 눈물 흘리는 자, 가족의 목숨을 살려준 고마움에 흐느끼는 자, 기적적인 치유 마법에 대한 경외감을 표하는 자 등 온갖 종류의 감정이 복잡하게 얽힌 시선이 백민주의 레이스가 달린 잠옷으로 꽂혀들었다.

"헉!"

백민주는 놀라서 방 안으로 돌아왔다. 두근거리는 심장이 쉽게 가라앉지 않았다. 이런 식의 대우는 익숙하지 않았다.

"권산 오빠, 떠납시다. 빨리요."

"안 그래도 제인이 깨어나는 대로 상단과 함께 떠나기로 했다."

다음 날 새벽.

우드로 남작의 조용한 환송을 뒤로하고 길시언 상단과 파티원은 영주성의 후문으로 빠져나갔다. 상단의 마차와 말은 상대적으로 고층 건물인 여관 옆에 있었기 때문에 낙뢰를 피할 수 있었고, 다행히 피해를 받지 않아 상행을 속행하기로 한 것이다.

"대장 형님, 대체 왜 오크족이 우드로 남작령을 공격한 걸까요? 제가 이 세계 지식이 짧긴 하지만 오크족이 이렇게 강할 줄은 상상도 못 했습니다."

권산은 묵묵히 사위를 살피며 한편으로 생각에 잠겼다. 서의지의 말이 맞았다. 영지 하나를 주술력만으로 끝장내는 수준이라면 마법으로 치면 7서클의 위력이다. 다수의 샤먼이 동원된 점을 감안하더라도 쉽지 않은 경지임에 분명했다.

. 인간보다 키가 작은 오크 주술사와는 달리 오크 전사들은 하나같이 2미터에 이르는 장신에 무지막지한 근육을 자랑하는 투사들이었다. 특히 우두머리로 보이는 나크둠은 천둥군주의 사냥술이라는 전투 기술을 구사했고, 오러 블레이드와 흡사한 에너지 분출 현상까지 만들어내었다. 그러니 당연히 소드마스터급으로 봐야 했다.

"보통의 오크들은 그렇게 강하지 않아. 인간보다도 키가 작지. 소수의 오크 전사가 전쟁에서 살아남아 베테랑으로 성장할 경우에만 저렇게 몸이 커진다는 사료가 있어. 인간의 성장은 유전에 따르고 성장기에 국한되는 데 반해서 오크들의 성장 대사는 훨씬 유연한 것 같아. 양자연구소에서는 전투를 많이 겪은 오크일수록 활발하게 호르몬이 분비되는 것 같다고 추정하고 있더군."

"갑자기 오크가 되고 싶네요. 저도 성장호르몬 팍팍 나와서 대장 형님처럼 키가 컸으며 좋겠습니다."

권산은 팬텀 아머에 묶여서 따라오고 있는 제인의 말을 흘깃 뒤돌아보았다. 아직 몸이 완전치 않은 제인은 상단의 짐마차 신세를 지고 있었다.

"이데아, 분석 결과 나왔어?"

ㅡ네, 주인. 여러 단서를 근거로 화성 데이터베이스와 대조해 봤을 때 그 오크 집단은 '칠흑의 늑대단'이 분명해요. 나크둠이라는 엘리트 오크 전사가 우두머리로 있죠. 그의 태생은 천둥씨족[Clan]인데 씨족이 소속된 서리바위 군벌의 군장[War Lord] 경합에서 패배한 뒤 도망쳐서 도적단을 만들었죠. 여러 왕국에 상당한 피해를 끼치고도 국경을 넘나드는 지능적인 수법을 통해 토벌을 피한 골칫거리예요. 덕분에 왕실에서 그의 이력을 조사했고, 그게 공개되어 있어서 그나마 추적할 수 있었어요.

"놈들의 목표가 무엇이었을까? 아무래도 우리 파티원을 노린 것 같아서 말이야."

ㅡ90% 확률로 옳은 추정이에요. 힝! 불쌍한 영지민들이 말

려든 것 같아서 이데아가 괜히 미안해졌잖아요. 주인도 마찬가지죠?

"물론이야. 그러니 철저하고 확실하게 갚아줄 생각이야. 우릴 노리는 이유가 뭐라고 생각해?"

─피의 오크 굴다르의 복수가 아닐까요? 굴다르가 쓰던 지팡이의 제원을 봤을 때 그가 칠흑의 늑대단 소속인 것은 맞는 것 같은데, 얼마 전 굴다르를 처치하셨으니까요.

권산은 무의식적으로 고개를 저으며 대답했다.

"굴다르를 처리한 게 우리라는 사실은 외부에서 전혀 알 수가 없어. 스트리트 길드 싸움에는 전면에 나서지 않았으니까. 더구나 굴다르의 시신을 가지고 현상금을 탄 것은 내가 아니고 김시영 박사지. 나크둠은 처음부터 내가 그랜드마스터인 것을 알고 있었어. 이미 나에 대한 정보를 알고 있었다는 거지."

렌즈 화면 속의 이데아가 허공을 날아다니는 것을 멈추고 가만히 서서 오들오들 떨었다.

─그, 그럼 한 가지밖에 없잖아요. 누가 주인을 쓱싹 해달라고 나크둠에게 정보를 주며 의뢰했다는 결론밖에는 나올 수가 없는걸요. 히잉. 무서워요.

"그래, 십중팔구 그렇게 일이 된 것이겠지."

권산의 눈에 광망이 일렁였다. 자신의 목숨을 노릴 만한 자는 많지 않았다. 권산은 나크둠이 다시금 나타나길 빌었다. 우드로 영지의 복수는 물론 의뢰의 배후를 밝혀내기 위함이다.

한때 우람한 자태를 자랑했을 붉은 바위는 산산조각 나 사방으로 흩어져 있었다. 바위를 찍어대는 도끼날에 진득한 살기가 묻어나왔다.

"취익! 나크둠 워치프, 모든 늑대가 모였습니다."

나크둠은 핏발이 선 눈으로 좌중을 돌아봤다. 그곳에는 가죽 갑옷을 입은 30명의 오크 전사들이 도열해 있었다. 하나같이 상급 전사들로 엄청난 체구를 자랑하는 전쟁 병기들이었다.

"굴다르는 어디 있지?"

"멍청한 굴다르는 얼마 전 인간들에게 당했다고 합니다. 현상금은 인간 마법사가 가져갔고요. 처녀 피에 미쳐 날뛰더니 인간 세상에 너무 깊이 들어간 모양입니다."

나크둠은 입맛이 썼다. 1차 습격 때 모든 번개 주술사를 잃는 바람에 당장 샤먼 한 명이 아쉬웠다.

'하지만 아직 내겐 듀라이가 있다.'

"듀라이."

나크둠의 부름에 곰 가죽을 머리끝까지 덮어쓰고 있던 오크가 앞으로 나섰다. 오크 전사보다는 작았지만 주술사보다는 훨씬 큰 체구였다.

"정찰 울음이 들려온 게 있나?"

"취익! 정찰 나간 다이어울프가 적을 발견했습니다. 현재 그 랜드마스터는 건재하고 여러 대의 마차와 함께 북쪽으로 이동 중이라고 합니다. 이틀 뒤 트라키아 산을 끼고 돌아 인간의 영지로 이동할 것으로 보입니다."

듀라이는 드루이드 오크였다. 타고난 친화력으로 야수와 의사소통하며 주술력으로 야수의 힘을 증가시켜 병기로 부리거나 의식을 조작하는 주술을 스스로에게 걸어 광폭한 야수의 정신을 흉내 내는 것도 가능했다.

적을 발견한 다이어울프가 고지대에서 울음을 터뜨리면 그 울음을 들은 다이어울프들이 연속으로 울음을 전달해 삽시간에 듀라이에게 정찰 울음이 전파된다. 사방 50㎞ 내에 적이 있다면 실시간으로 동태 파악이 되는 것이다.

'혈폭의 주술에도 멀쩡하다니… 과연 다시 만나기 힘든 사냥감이다.'

나크둠은 만전을 기하기로 했다. 적의 수준에 대해 더 알게 되었으니 그에 합당한 사냥감 대우를 해줘야 했다.

"우리는 트라키아 산으로 간다. 그곳에는 트롤 군락이 있다. 오그마 신이 용맹함을 선물한 두 번째 종족이지."

나크둠은 다이어울프에 올랐다. 그의 뒤를 따라 30명의 오크가 일제히 다이어울프에 올라타 맹렬한 기세로 북쪽으로 내달렸다.

상단이 마차를 둥글게 배치했다. 야영을 위해 방어벽을 세운 것이다. 그 중앙에 텐트를 치고 침낭을 깔고 모닥불에 솥을 걸었다.

권산은 상단원이 가져다 준 스튜에 빵을 찍어 먹으며 모닥불 가의 파티원들을 돌아보았다.

"그 오크는 다시 올 거야. 쉽게 포기할 자가 아니야. 제인은 몸이 얼마나 돌아왔어?"

약간 파리한 안색의 제인이 천천히 스튜를 목에 넘기며 입을 열었다.

"난 언제나 100퍼센트야."

"정말?"

"…80퍼센트."

제인은 이 파티에 있어서 권산을 제외하고 가장 강력한 전력이었다. 권산 혼자서는 서의지와 백민주를 완벽하게 보호하면서 공격까지 하기는 힘들었다.

"조금 이른 감은 있지만 진법 훈련을 해야겠어. 이번 싸움처럼 민주와 의지가 원거리 지원만 할 경우라면 상관이 없지만, 우리가 습격을 받아 다수에 포위될 경우도 대비를 해야 돼. 그런 경우에 적들도 머리가 있다면 치유 능력자를 가장 먼저 제거하려 들겠지."

백민주가 무릎을 안고 몸을 앞뒤로 뒹굴다가 깜짝 놀라 고개를 들었다.

"네? 저를요? 저는 안 되는데."

권산은 바닥에 굴러다니는 테레스켄의 억센 줄기 하나를 꺾어 흙바닥에 그림을 그렸다.

"나와 제인, 의지가 이렇게 삼각형 형태로 방위를 잡고 민주는 그 안으로 들어와. 이게 기본 포지션이야. 이 삼재진에 방어에 강한 금강진의 변화를 가미할 생각이야."

"진법? 금강진?"

발음이 어려운지 제인이 되물었다.

'음……'

번역이 어려워 한국어 그대로 발음했더니 제인이 알아듣지 못했다. 권산은 즉석해서 이 진법에 영어 이름을 붙였다.

"테트라 포지션(Tetra Position)이라는 방어 대형이야. 그럼 바로 시작해 볼까?"

넷은 마차 벽을 벗어나 달빛에 의존하여 훈련했다. 권산은 금강진의 움직임을 대폭 축소하고 회전, 응집, 분산의 세 가지 변화만을 남겼다.

"의지가 탄궁으로 적을 견제하겠지만 적이 너무 붙어서 방어가 곤란해질 정도가 되면 민주와 위치를 바꿔."

"예?"

"다이아몬드 스킨 반지를 사용해서 버텨주라는 뜻이야. 잠깐만 여유를 만들면 나와 제인이 개입할 수 있으니까. 그럼 회전부터 가보자."

진법 훈련은 한 시간 정도 이어졌다. 워낙 쉽게 만들었기 때문에 이 정도만으로도 대략 숙달이 되었다. 마차 벽 안으로 돌아가자마자 모두는 잠자리에 들었고, 첫 번째 불침번인 백민주만이 짐마차 위로 올라가 어둠이 잠식한 붉은 대지를 바라보았다. 그러다 고개를 올리자 밤하늘에 뜬 두 개의 달이 보였다.

'화성은 지구와 닮은 듯하면서도 다르구나.'

백민주는 품에서 두 개의 막대기를 꺼냈다. 하나는 '자르갈의 저주받은 힘줄 지팡이'였고, 다른 하나는 '자르갈의 증오가 담긴 척수 지팡이'였다. 권산이 오크 주술사의 폭발한 시신을 뒤져 겨우 손상되지 않은 한 개를 발견해서 건네준 것이다.

'이건 허약함의 토템, 이건 번개 토템을 부르는 주술이 담겨 있겠지? 대체 어떻게 작동시키는 걸까?'

백민주는 치유 광선을 지팡이에 쏘았다. 이미 수십 번 해본 행위였다. 그저 사물에 이능력을 구사할 때처럼 지팡이는 별 반응이 없었다.

"권산 오빠가 분명 오크 주술사와 이능력자의 에너지가 비슷한 느낌이라고 했는데 내가 오크가 아니라서 안 되는 걸까?"

백민주는 혼잣말을 하며 굴다르를 연상했다. 그녀가 제대로 본 오크는 그가 유일했다.

'나는 오크다. 나는 굴다르다. 초록초록한 피부를 가진 오크다. 뻐드렁니가 심하게 난 못난이 오크다.'

강한 암시를 반복하면서 번쩍 눈을 뜬 그녀는 다시 한번 번개 지팡이를 향해 치유 광선을 쏘았다. 그러자 갑자기 지팡이의 끝에서 파지직 스파크가 튀며 짐마차 위에 불이 붙었다.

"어맛!"

백민주는 화들짝 일어나 불길을 밟아서 껐다. 나름대로 조용히 처리했다고 생각하고 자리에 앉으려는데 등 뒤가 따가웠다. 돌아보니 파티원과 상단원 모두가 일어서서 그녀를 바라보고 있었다. 손에 무기를 들고 있는 게 몬스터가 습격이라도 한 줄 안 모양이다.

"하하하! 별일 아니에요. 더 주무세요."

백민주는 어색한 웃음을 지으며 몸을 돌렸다. 갑자기 화성의 어둠이 더없이 친근하게 느껴졌다.

"조금만 더 가면 보이는 산이 트라키아 산입니다요. 굽이굽이 산맥처럼 뻗어 있는 길쭉한 모양새 덕분에 젤란드의 동북방 국경 노릇을 하고 입죠. 그 산만 넘어가면 바로 아케론 땅입니다. 그런 이유로 산의 남쪽은 엘프족과 전쟁이 벌어지면 가장 먼저 싸움터가 되기 때문에 왕국의 소드마스터인 아글버트 백작이 국경 요새와 수비군을 관리하고 있죠. 저희 상단도 아글버트 백작령으로 들어간 다음에 요새를 통과해 로도스 교역장으로 가려고 했습니다."

테피가 저 멀리 보이는 웅장한 산을 보며 이 땅의 이력에 대해 주절주절 이야기보따리를 풀었다.

그로서는 여러 번 왕복해 본 길이기 때문에 들은 것도 많고 본 것도 많았다.

"아직 영지는 보이지 않는데 산의 일부가 먼저 가까워지는군. 저 산도 트라키아 산이 맞는가?"

권산의 물음에 테피가 거듭 머리를 조아렸다.

"트라키아 산은 큰 산입니다요. 저 가까워지는 산의 일부가 영지보다도 남쪽으로 뻗어 나와 있어서 별수 없이 크게 우회해야 합니다. 특히나 트라키아 산에는 여러 몬스터가 서식하고 있기 때문에 절대 요새의 바깥으로는 다니면 안 됩니다요."

트라키아 산과의 거리가 4km로 가까워졌을 때 권산의 옆으로 서의지가 다가와 말 머리를 나란히 했다.

"대장 형님, 저 산의 침엽수 덕에 확실하게 본 건 아닌데 다수의 움직임이 있었어요."

권산도 안력을 돋워 산을 바라보았다. 거리도 거리였지만 산 전체에서 자라난 침엽수림 때문에 보이는 게 없었다.

"지금도 보여?"

"아니요. 지금은 안 보여요. 그냥 바람이 불어서 침엽수가 흔들린 걸 착각했을 수도 있어요."

"음……."

이미 한번 오크 주술사의 번개 주술로 크게 데어본 경험이 있기에 권산은 서의지의 말을 쉬이 넘길 수가 없었다.

"상단이 평원에서 벗어나 이미 비탈진 암석 지대에 들어섰어. 아무리 멀찍이 트라키아 산을 우회하려 해도 이곳의 도로 사정이 안 좋기 때문에 산과 접근하는 순간이 있을 거야. 우리로서는 전술적으로 습격에 취약한 포인트가 되겠지. 의지 네가 2㎞를 앞서가며 정찰을 해줘."

"네."

서의지는 말을 달려 상단과 충분히 거리를 벌린 뒤 배낭에서 정찰용 드론을 한 기 꺼냈다. 네 개의 로터가 달린 드론은 손바닥만 한 크기였으나 서의지의 렌즈 조작에 연동되어 빠르게 하늘로 솟구쳤다.

동시에 서의지의 렌즈 화면에 드론의 카메라에서 전송된 영상 창이 하나 생성되었다.

"이쯤이었던 것 같은데."

하늘에서 접근한 드론은 울창한 침엽수 가지의 방해를 피해 천천히 낙하했다.

생명체를 감지하기 위해 드론의 카메라를 열화상 모드로 전환하자 숲의 한 곳에서 다수의 열 발산체가 밀집된 것이 감지되었다.

드론은 천천히 비행하여 마침내 숲속 공터에 운집한 일단의 무리를 발견했다.

오크 30개체와 키가 3미터에 육박하며 파란 피부에 탄력적인 근육을 가진 인간형 몬스터 10개체가 함께 있었다.

'뭐지, 저건?'

서의지는 권산에게 곧바로 영상을 공유했다. 권산은 서의지가 보내온 영상의 몬스터를 제인에게 설명했고, 그 정체에 대해 들을 수 있었다.

"트롤이네. 3미터의 키에 파란 피부, 탄력적인 몸, 매부리코에 부챗살처럼 펴진 삼각 귀, 솟구친 어금니. 트롤의 외형에 대한 완벽한 설명이야."

권산은 서의지의 영상을 다시 들여다보았다. 분명히 나크둠의 모습이 보였다.

오크 수하들을 다시 결집시킨 뒤 용병으로 트롤을 끌어들인 모양이다. 자칫 잘못했으면 산허리를 돌 때 습격을 받을 뻔했다.

"이데아, 트롤은 어느 정도로 위험한 몬스터지?"

—뽀로롱. 이데아 왔어요. 트롤이요? 음, 육체적으로 보자면 오크보다는 강하고 오우거보다는 약하다는 평가예요. 원시적인 레벨의 지능을 가져서 부족 단위의 문명 수준에 머물러 있어요. 오크족과는 유대가 좋지만 인육을 특히 좋아하는 바람에 인간 사회에서는 사악한 몬스터로 취급받고 있죠. 특징적인 건 단시간에 상처를 회복하는 기이한 재생력을 가지고 있다는 거예요. 그래서 마법사들이 트롤의 피를 원료로 포션을 만들기도 해요.

"지명훈이 알면 꼭 혈청을 구해달라고 할 것 같군."

—왠지 그럴 것 같은데요? 트롤의 피는 오래 보존해도 된다고 하니까 정말 하나 구해주세요. 지명훈 박사님이 대박 아이템을 또 하나 만들어낼지도 모르잖아요.

권산은 수다를 늘여놓는 이데아를 치우고 서의지를 불러들였다. 작전 회의를 해야 할 시간이었다.

"제인, 전투가 벌어질 것 같아. 몸은 어느 정도나 회복했어?"

"완벽해. 내 걱정은 마."

"좋아. 지금 저기 보이는 능선에 30명의 오크 전사와 10마리의 트롤 용병이 매복해 있어. 저 능선 아래쪽으로 상단이 지나갈 때쯤 위쪽에서 뛰어내려 급습하려는 계획이겠지? 저곳은 지형적으로 우리에게 불리해. 그러니 우리가 선공을 가하자."

6장
트라키아 산의 싸움II

　권산이 강한 눈빛으로 모두를 돌아본 뒤 백민주를 지그시
바라보았다.

　"이번 실전에서 주술 지팡이를 한번 써봐. 어젯밤 네가 해
낸 걸 모두가 봤어. 대체 어떻게 한 거야?"

　백민주는 갑자기 먼 하늘을 바라보며 딴청을 피웠다.

　"그냥 어쩌다 잘됐어요. 이능력에 반응하기는 하더라고요.
더 이상은 묻지 마요. 말하고 싶지 않은 여자의 비밀 같은 게
있으니까."

　"좋아, 그럼 먼저 상단의 이동 속도를 늦춘다. 그리고 상단

이 습격 지점까지 이동하는 사이 우리가 기습을 준비하는 적들의 뒤를 친다. 이상."

넷은 말에서 내려서 마차의 후미에 말을 묶었다. 권산은 테피에게 상황을 설명하고 최대한 늦은 속도로 이동해 줄 것을 당부했다.

"위험한 상황이지만 우리를 믿고 소란 없이 침착하게 행동해라."

"아, 알겠습니다요."

일행은 상단을 횡렬로 전개해 엄폐를 한 뒤 가까운 숲으로 뛰어들었다.

"이데아, 모두에게 3D 작전 지도를 띄워줘."

이데아는 서의지의 정찰 드론 영상을 기반으로 지형을 계산해 3D 그래픽으로 지도를 렌즈 화면에 띄웠다.

'오크는 인간보다 야성에 가까운 종이야. 냄새로 위치를 읽힐 수도 있어.'

권산은 풍향까지 고려해 적에게 들키지 않고 놈들의 은신처보다 고지대로 이동하는 루트를 손가락으로 그렸다. 백민주, 서의지의 렌즈 화면상 3D 지형도에도 붉은 선이 나타났다.

"의지와 민주는 작전 지도 참고해. 제인은 후미를 맡아줘."

권산이 가장 앞서서 걸어갔다. 정글에 가까운 **빽빽**한 침엽

수림이니 기감이 발달한 자신이 앞장 서는 게 나았다.

길도 없는 험한 지형을 소리 죽여 이동하는 것은 아주 고역이었지만 고생 끝에 일행은 적들의 배후에 위치한 50미터 높이의 암반 상부로 이동하는 데 성공했다.

"대장 형님, 적 무리가 한 군데 더 있는데요? 저길 보세요. 다이어울프 떼예요."

권산이 안력을 집중하자 다른 능선에 30여 마리의 다이어울프와 검은 가죽을 뒤집어쓴 오크 한 명이 보였다. 적은 두 군데로 전력을 분산하고 있었던 것이다.

"제법 곤란하게 됐군. 이쪽을 먼저 치면 다이어울프 떼가 우리 뒤를 노릴 거야. 동시에 치거나 한쪽의 시선을 분산시켜야 하는데……."

권산의 말을 들은 서의지가 배낭을 뒤적거려 정찰 드론을 모두 꺼냈다. 총 8기였다.

"이걸 잘 쓰면 가능할 것도 같아요. 드론에 마법환을 붙여서 다이어울프 떼에 투하할게요."

"살상이 가능해?"

"직격시키는 대상만 죽일 수 있어요. 그러니 간접적으로 포이즌 마법환을 터뜨려 독무에 적을 10분 정도 가둘게요. 교란 정도는 될 거예요."

"좋아, 그 정도면 충분해. 다이어울프 떼는 우선 그렇게 처리하자."

권산은 자세를 낮추고 파티원들의 얼굴을 보며 작전을 설명했다.

"적 본대의 전력은 우리의 네 배이기 때문에 최대한 원거리 공격으로 전력을 줄여야 해. 이번 전투는 특히 의지가 잘해줘야 해. 탄궁으로 최대한 적의 수를 줄여줘."

"네!"

"적이 이 암반까지 올라오면 나와 제인이 길목을 방어할게. 민주가 적절히 치유를 사용해 줘."

"네, 권산 오빠."

"좋아, 그럼 개시하자."

가장 먼저 녹색 구슬을 매단 채 8기의 드론이 날아올랐다. 능선 아래를 바라보던 나크둠이 어디선가 들려온 괴이한 로터 소리에 반응하여 두리번거렸으나 다행스럽게도 하늘 위는 보지 않았다.

드론은 두 번째 능선까지 날아가 다이어울프 떼가 모여 있던 상공에서 둥글게 산개했다.

"투하합니다."

서의지는 8개의 드론 제어 화면을 일일이 조작하여 마법환을 투하했다. 골프공만 한 녹색 구슬 8개가 땅에 부딪치자 섬광과 함께 격렬한 기세로 녹색 독무가 피어올랐다.

"취익! 뭐지?"

다이어울프 무리를 통제하던 드루이드 듀라이는 깜짝 놀라 정신 집중이 흐려졌다. 그러자 몇몇 다이어울프가 으르렁거리며 운무를 흡입했고, 이어 힘을 잃고 픽 쓰러졌다. 공기에 희석된 독인지라 죽지는 않았으나 가볍지 않은 위력이다.

"취익! 늑대들은 모두 안개를 피해 가운데로 모여라."

듀라이는 주위를 둘러보았다. 사방이 녹색 안개다. 바닥에 엎드려 바람이 독 안개를 밀어내기를 기다리는 수밖에 없었다.

"성공이에요."

"좋아, 이제 본대를 공격한다."

각자 원거리 투척 무기를 꺼냈고, 백민주는 권산과 제인에게 버프를 건 다음 품에서 허약함의 지팡이를 꺼냈다. 그녀는 눈을 감고 인상을 쓰더니 뭔가를 끊임없이 중얼거렸다.

미약하게 새어 나오는 음성으로 '못생긴, 뻐드렁니' 등이 들렸으나 워낙 작은 소리라 권산도 더는 듣지 못했다.

"하앗!"

백민주가 기합을 주자 눈에서 흰색 빛이 쏘아져 지팡이로 스며들었다. 엄청난 기세로 뿜어진 치유 광선에 지팡이 전체가 백광에 휩싸였다.

"나타나라. 허약함의 토템!"

마침내 지팡이에서 강한 에너지파가 발산되며 적의 본대를 휩쓸었다.

"취익! 힘이 빠진다."

"취이익! 뭐지?"

"주, 주술이다. 오크 주술사가 우리를 공격했다."

오크들이 일대 혼란에 빠짐과 동시에 하늘에서 세 발의 붉은 구술이 낙하했다.

퍼퍼펑!

오크 전사 세 명의 가슴에 구슬이 적중하며 불길이 솟구쳤다. 얼굴이 완전히 타버릴 만큼 강렬한 화력이었다.

"취이익! 마법이다! 흩어져라!"

나크둠은 마법환의 경로를 따라 고개를 돌렸고, 마침내 암반 위에 매복한 권산 일행을 발견했다.

"로크 가로쉬 오가르! 저기 인간의 그랜드마스터가 있다!"

나크둠의 고함에 정신을 차린 오크 전사들이 산개해서 산비탈을 치고 올랐다. 최단 거리의 암반은 수직으로 오를 수 없어서 우회하는 경로였다.

허약함의 저주를 받아 움직임이 느려졌기에 망정이지 그렇지 않았다면 수십 초 안에 암반 위까지 올라올 만큼 강한 전사들이었다.

슈우웅!

권산은 리와인드 단검을 계속해서 투척했다. 절묘한 비도술은 어김없이 적의 심장에 꽂혀들었으나 트롤에게만은 통하지 않았다.

트롤은 몸에 박힌 단검을 귀찮다는 듯이 빼내 던져 버리고 권산을 향해 울음을 터뜨렸다. 단검이 만든 상처는 순식간에 아물어 흔적도 남지 않았다.

'재생력이로군.'

적과의 거리가 급속도로 가까워졌다. 오크들의 거친 함성과 저주에 찬 오크어가 귀에 속삭이는 듯 느껴졌다.

"베큠웨이브."

망고슈의 플라잉 오브젝트로 오크를 상대하던 제인이 마침내 레이피어를 꺼내 들었다. 레이피어에서 뿜어진 진공의 충격파가 접근하던 오크들을 우수수 비탈 아래로 밀어내었다.

서의지 역시 윈드 엘리멘탈이 담긴 마법환으로 탄을 바꿔 탄궁을 쏘아댔다. 적중한 오크들은 바람의 힘을 이기지 못하고 굴러 떨어졌지만 트롤은 힘이 강하고 체중이 무거워서 몇 걸음 물러서게 하는 데 그쳤다.

'적이 반수 이상 줄었다.'

권산은 나크둠이 접근하는 반대 방향으로 치고 내려갔다. 그는 생포 대상이니 나중에 상대할 생각이다.

"중량 증가 발동."

블랙 그래비티에 마법을 걸고 후려치니 오크들은 그 힘을 버티지 못하고 마구 굴러 떨어졌다.

"크아악!

트롤 하나가 매서운 주먹을 휘둘러 오자 권산은 몸을 낮게 숙이며 피한 뒤 검기를 뿜어 한쪽 허벅지를 잘라냈다. 뼈까지 사정권에 들어갔으니 완벽한 다리 절단이다.

"키에엑! 쿠악!"

트롤은 고통에 비명을 질렀으나 쓰러지지 않았다.

'뭐지?'

권산은 다시 트롤의 다리를 쳐다보았다.

어처구니없게도 허벅지는 벌써 재생되어 붙어 있었다. 절단 면이 거울처럼 깔끔하게 들어간 것이 오히려 트롤의 재생을 도와준 꼴이다.

'재생력으로 뼈까지 붙게 하다니, 재생 이능력이 있다고 해도 믿겠군.'

권산은 더 시간을 끌 수 없었다. 몇 번의 회피 후에 트롤의 목을 베고 동시에 각법으로 저 멀리 날려 버렸다. 머리가 사라진 몸체는 잠시 허우적대더니 땅에 쓰러졌다. 아무리 재생 력이 뛰어나도 두뇌가 달아나고도 살아 있을 수는 없는 법이다.

권산은 다시 암반 위로 되돌아왔다. 그곳은 이미 나크둠이 올라와 제인과 격돌하는 와중이었다.

나크둠의 도끼는 광폭한 기세로 휘둘러 오며 제인을 압박했다. 제인은 레이피어에 오러 블레이드를 뿜어내며 빛살 같은 찌르기를 선보이며 도끼에 담긴 역도를 해소했다. 얇디얇은 레이피어로 저 도끼를 막았다가는 단숨에 부러지고 만다. 나크둠의 움직임으로 보건대 그만은 허약함의 토템에 영향을 받지 않은 듯했다.

'상성이 좋지 않군.'

나크둠이 약간 저지대에서 공격하고 있었기에 그나마 동수를 이루는 것이지 평지라면 극히 어려운 싸움이었다.

'저 기술을 다시 보는군.'

나크둠의 도끼날에 뿌옇고 흰 기운이 서려 제인의 오러 블레이드에 대항했다. 소울 블레이드라 불리는 엘리트 오크 전사의 상징과도 같은 기술이다.

"제인, 돌아와. 테트라 포지션으로 상대한다."

제인이 거친 호흡을 내쉬며 돌아오자 권산이 나크둠 방향을, 제인이 반대 방향을, 서의지가 암벽 방향으로 자리를 잡았다. 백민주는 그 중심에서 번개 지팡이를 들고 번개 주술을 불러내기 위해 사력을 다했다.

"웅집!"

권산의 구령에 맞춰 진용이 갖춰지자 권산은 한층 편하게 주변을 돌아봤다. 서의지와 백민주는 아직 비탈을 완전히 올라오지 못한 적들에게 원거리 공격을 가하고 있었고, 좌측은 제인이, 우측은 자신이 방어에 들어갔다.

나크둠은 지능적이게도 권산이 나타나자 뒤로 빠지며 트롤을 앞으로 몰아세웠다.

"오그마 신의 두 번째 자식이여, 적의 사지를 뽑고 피를 마셔다오."

"키에엑! 콸라!"

살아남은 트롤 다섯 마리가 권산에게 짓쳐들었다. 인간의 시선에서 보자면 3미터 높이의 몬스터가 달려든다는 건 보통 위압감이 드는 모습이 아니다.

"용살검법 후반 일식 초살참!"

권산은 웅후한 내력이 단전에서 뿜어져 나와 팔로, 손으로, 검으로 옮겨가며 거대한 초승달 검강을 만들어냈다. 무자비하게 뿜어진 검강은 트롤 다섯 마리의 흉부 위쪽을 완전히 날려 버렸다.

퍼어억!

제아무리 재생력이 뛰어나도 신이 아니라면 살아날 수 없는 공격이다. 검강은 검기처럼 얇게 전개해 예기를 극대화할 수도 있지만 지금처럼 폭탄과 같은 파괴력을 만들어낼 수도 있었다. 트롤의 붉은 피가 분수가 되어 사방에 흩뿌려졌다.

"춰이익!"

"췌엑!"

인간이라면 겁을 먹을 법도 한데 오크들은 극도로 흥분한 모습을 보이며 거듭 달려들었다. 앞을 막던 제인이 여기저기 부상을 입고 지쳐 휘청거리자 백민주가 치유 광선을 쏘고는 위치를 뒤바꿨다.

"스위칭, 제인."

백민주는 다이아몬드 스킨 반지를 발동했다. 그녀의 몸 전체로 반짝이는 보석의 빛이 어리더니 피부가 거울처럼 반짝거렸다.

깡! 깡!

오크 전사의 대검이 내리꽂혔지만 백민주의 피부에는 생채기 하나 나지 않았다. 고통도 없었다.

"오, 이거 진짜 대박!"

본능적으로 나선 것까진 좋았지만 사실 겁을 좀 먹고 있던 백민주는 근육질 오크가 전력을 다해 휘두른 공격이 무용지물이 되자 갑자기 용기백배했다.

더 앞으로 나서려는데 서의지의 고함이 들려왔다.

"민주, 이제 뒤로 빠져! 마법이 해체되고 있어!"

"뭐? 아직 10초밖에 안 됐는데."

아닌 게 아니라 벌써 마법이 끝나가고 있었다. 반지 속에 담을 수 있는 엘릭서 양의 제한으로 유지 시간이 유난히 짧았다. 굳어버린 백민주의 머리 위로 글레이브 한 자루가 떨어져 내렸다.

"의지 오빠, 살려줘!"

"칫!"

퍼엉!

서의지가 날린 마법환이 오크 전사의 머리를 불태우자 백민주는 겨우 뒤로 빠질 수 있었다. 제인이 다시 앞으로 나서고 포지션은 다시 안정됐다.

수 분이 지나자 장내에는 나크둠 외에는 서 있는 이가 없었다. 모든 수하를 잃은 나크둠의 숨소리는 거칠었고 분노에 찬 눈빛은 시선만으로 사람을 질식시킬 지경이었다.

뒤늦게 나크둠의 뒤로 듀라이와 다이어울프 떼가 나타났지만 이미 대세는 기울었다. 그 어떤 수단으로도 저 인간의 그랜드마스터를 죽일 수 있을 것 같지가 않았다.

나크둠이 살기 띤 눈으로 권산을 쏘아보다가 마침내 입을 열었다.

"인간의 그랜드마스터, 나 천둥군주 클랜의 워치프 나크둠이 막고쉬르를 제안한다."

이데아가 즉석으로 렌즈 화면에 막고쉬르의 의미를 띄웠다.

—막고쉬르, 오크족의 일대일 대결 풍습. 갑옷 착용 금지. 무기 사용 금지. 이긴 자는 진 자에 대한 생사여탈권과 지위를 얻는다.

권산이 대답했다.

"무기를 포기하고 싸우면 네가 이길 수도 있다고 생각하는군. 뭐 그렇다 치고, 내가 왜 이 불리한 싸움에 응해야 하지?"

나크둠은 '클클클' 하며 쇠 긁는 듯한 웃음소리를 흘렸다.

"나 나크둠은 명예를 아는 전사. 응하고 싶지 않다면 하지 않아도 좋다. 하지만 누가 너를 죽여달라고 의뢰했는지 알고 싶다면 오직 막고쉬르에서 이겨 내 입을 여는 수밖에 없을 것이다. 나를 이기면 클랜의 워치프는 전통에 의해 네가 되고 워치프의 물음에 대답하는 건 명예를 더럽히는 행동이 아니니까."

'지능적인 오크로군.'

이런 강골에게 어설픈 고문은 통하지 않는다. 정신계 마법이나 약물을 통해 비밀을 토설하게 하지 않고서는 의뢰인의 정체에 대해 밝히기 어려울 것이다. 권산은 최악의 고문술인 분근착골도까지도 쓸 생각이었으나 그가 제안한 맨손 결투만 이긴다면 배후를 밝히는 것도 쉽게 풀릴 듯했다.

권산은 짐짓 거절하는 양 인상을 쓰며 답했다.

"너의 배후는 네 뒤에 있는 오크를 잡아서 밝혀도 되고 말이야."

"크크큭! 듀라이는 아무것도 모른다. 오직 나만이 알고 있지."

거짓말이었다. 나크둠의 지시로 의뢰인의 뒤를 밟아 정체를 밝혀낸 이가 듀라이였다. 권산은 이데아의 거짓말 탐지기 경고로 나크둠의 그 같은 말이 거짓말임을 알았다.

"명예로운 전사와 거짓말쟁이는 안 어울리는데, 나크둠."

나크둠의 얼굴이 일그러졌다. 그로서는 참을 수 없는 모욕감이 느껴졌다.

"취익! 내 인내심을 시험하는군, 인간. 천둥씨족은 한때 오크족의 통일 워칸을 배출한 영예로운 부족이다. 그는 너처럼 인간이었지만 우리 천둥씨족의 워치프가 되었고, 이후 최고의 전사로 인정받아 최초의 워칸이 되었지. 천둥 클랜의 워치프가 되면 언젠가 워로드에 도전할 수 있고, 미래에 워칸이 될 수도 있는 지위다. 탐이 나지 않는가, 인간?"

"인간이 오크족의 워칸이 되었다고?"

"취익! 더 이상의 입씨름은 사절이다. 제안을 받아들일 것인가, 말 것인가?"

권산은 고개를 끄덕임으로써 막고쉬르를 받아들였다. 권산은 상의와 미스릴 섬유 갑옷을 모두 벗고 무기를 검집째 제인에게 넘겼다.

제인은 권산의 근육질 몸을 보고는 내심 감탄을 금치 못했다.

'엄청난 수련의 결과다.'

190㎝의 키에 팽팽하고 단련된 근육은 완벽한 균형미가 있었다. 가죽 갑옷을 벗고 상체를 드러낸 나크둠처럼 볼륨감이 넘치는 무지막지한 근육은 아니었으나 그 어떤 기사보다도 훌륭한 육체였다.

"막고쉬르를 시작한다. 증인은 듀라이가 한다. 듀라이는 대결의 결과를 오크 세상에 전파할 의무가 있다."

나크둠과 권산은 다섯 발자국의 거리에서 서로를 마주 보며 자세를 잡았다. 나크둠은 두 팔을 활짝 편 채 무게중심을 낮춘 레슬러의 포지션과 흡사했다.

압도적인 외력과 체중으로 밀어붙이는 식의 근접전을 펼칠 목적임을 한눈에 알 수 있었다. 나크둠이 호흡을 멈추며 쇄도하자 권산은 이형보를 발휘해 측면으로 돌아갔다. 목표를 놓친 나크둠의 옆구리로 출룡십삼각이 작렬했다.

황금빛 경기가 무자비하게 갈비뼈를 박살 내며 나크둠의 내장을 진탕시켰다. 나크둠은 고통을 참고 팔을 돌려 방어하고는 연거푸 주먹을 날렸다.

주먹을 피해 한 보 물러난 권산은 곧바로 허리를 감아오는 나크둠의 태클을 피해 공중제비를 돌았다. 나크둠의 체술은 위력과 절도를 갖추고 있었으나 권산의 보법을 잡기에는 턱없이 느렸고, 권산은 일체의 망설임 없이 계속해서 치명타를 가했다.

쾅!

'통천권.'

마침내 진각에 이은 황금빛 주먹이 나크둠의 복부에 틀어박히자 맹렬한 경력이 송곳처럼 등 뒤로 터져 나가며 나크둠의 척추를 박살 냈다. 나크둠의 다리는 척수신경의 통제를 잃었고, 그는 맥없이 바위에 드러눕고 말았다.

"내가 졌다."

나크둠은 피가 흐르는 입가를 닦지도 않고 멍하니 하늘을 바라보았다. 다리를 잃었으니 이미 전사로서의 생명은 끝이다. 권산은 나크둠을 내려보며 무심히 물었다.

"배후가 누구지?"

"이름은 모르지만 의뢰한 자와 동료로 보이는 기사단의 문양을 안다. 그자가 기사단과 합류한 뒤로는 추격하지 못했지."

나크둠은 하늘을 보며 소리쳤다

"듀라이, 그 가죽을 가져와라!"

듀라이가 품에서 손바닥만 한 황색 가죽을 꺼내 들고 왔나. 그곳에는 소머리와 별이 조합된 문양이 그려져 있었다. 듀라이가 가죽을 권산에게 넘겼다.

나크둠이 넘어오는 핏물을 뱉어내며 힘겹게 말했다.

"이 문양을 쓰는 기사단이다."

권산이 문양을 제인에게 보내주자 제인이 인상을 쓰며 한마디 했다.

"불스타 기사단 문양이야. 모건 후작가의 기사단이지."

"역시 그로군."

가장 중요한 배후가 밝혀졌다.

"아까 인간이면서 워칸에 오른 이에 대해 말했지? 좀 더 자세히 듣고 싶다. 그게 언제 적 이야기이며, 인간이 오크족 전사로 인정을 받는 게 가능한 일인지 말이다."

"쿨럭! 오크족은 강한 자를 숭상한다. 강한 전사이면서 우리의 전통을 따르기만 한다면 누구나 오크족이 될 수 있지. 그 인간 전사는 오그마 신이 현신했다고 해도 믿을 정도로 강했다. 그 강함에 매료된 천둥 클랜이 그를 워치프로 추대했고, 결국 그는 오크족 최고의 자리인 워칸까지 등극했지. 그게 50년 전이다. 그때 나는 태어나지 않았지만 그때 오크족은 엄청난 위기에 빠져 있었다. 100년 전 우리 세계에 나타난 인간족에 의해 타르시스 지역을 잃고 50년 전 엘프족에 의해 또 한 번 아케론 지역을 잃었지. 별처럼 많은 오크족이 조상의 품으로 돌아갔다. 많은 오크들은 워칸이 엘프의 침공을 막아내고 위기에 빠진 종족을 구해주길 기대했지."

"그래서 어떻게 되었지?"

"성공했다. 엘프 전쟁의 결과 무수한 엘프를 죽여서 그들이 발레스 지역까지 넘어오지 못하도록 저지시켰다. 악마 같은 엘프들은 죽여도 죽여도 부활했지만, 우린 포기하지 않았다. 마침내 전쟁이 끝났고, 그 뒤 워칸은 사라졌다."

"사라지다니?"

"말 그대로다. 아무도 그의 종적을 알지 못했다. 그저 우린 오그마 신이 아스가르드로 그를 데려갔다고 믿고 있다."

나크둠의 생명력이 급격히 사그라지고 있었다. 권산은 잠시 백민주를 돌아보았다. 그녀의 이능력이라면 나크둠을 살려내고 척수신경을 붙이는 것도 가능하다. 그러나 권산은 그렇게 하지 않았다. 칠흑의 늑대단이 벌인 번개 주술로 인해 생명을 잃은 우드로 영지민들의 원한은 갚아줘야 했다. 나크둠이 벌인 살육이니 그에게 책임이 있었다.

"듀라이, 내 도끼를 클랜에 가져가 다오. 맹세해라."

듀라이가 나크둠에게 다가와 무릎을 꿇고 오크어로 맹세했다.

"권산, 막고쉬르의 증인을 죽일 수는 없다. 그게 우리의 전통이다. 듀라이와 내 도끼를 보내다오."

"내 이름을 알고 있었군. 보내주도록 하지."

"고맙다. 내 도끼 둠엑스는 클랜의 신물이다. 대신 그 대가를 주겠다."

나크둠이 힘겹게 천 주머니 하나를 꺼내 들어 올렸다. 권산이 받아보니 그 안에 다이아몬드가 가득 들어 있었다.

"크큭! 80만 플로린 다이아몬드에 혼이 빠져 덤벼선 안 될 상대에게 덤벼 결국 이렇게 되었다. 이제 내겐 필요 없는 물건이다."

그 말을 끝으로 나크둠의 숨소리가 멎었다. 절명한 것이다. 듀라이는 나크둠의 시신을 껴안으며 권산의 눈치를 보았다. 정말 보내줄 것인가에 대해 믿지 못하는 눈치였다.

"떠나도 좋다, 듀라이. 그리고 이건 가져가라."

권산은 다이아몬드 주머니를 듀라이에게 던졌다. 듀라이는 받아 들고도 믿지 못하는 눈치였다.

"나크둠이 행한 악행 때문에 그를 죽일 수밖에 없었지만, 그는 명예로운 오크 전사다. 그의 시신을 수습해서 고향으로 돌아가라. 그리고 이 다이아몬드를 클랜을 위해 써라. 언젠가 워치프의 자격으로 내가 찾아갈 날이 있을 것이다. 그때를 준비해라."

"취익! 알겠습니다, 권산 워치프."

듀라이가 다이어울프의 등에 나크둠의 시신을 묶고 모든 다이어울프 떼를 이끌고 떠났다. 폭풍처럼 이어지던 생사 대전이 끝나고 마침내 숲속에 적막이 찾아왔다.

"힘들더라도 여길 빨리 벗어나자. 다른 몬스터가 시신을 노리고 접근할 거야."

권산은 떠나기 전에 트롤의 시신에서 피를 약간 채취해 병에 담았다. 이데아의 제안처럼 기회가 될 때 지구로 보내볼 참이다.

7장
국경 요새 I

아글버트 백작령은 하나의 요새로 볼 수 있는 폐쇄된 영지였다. 망루는 석조, 방벽은 목재로 되어 있었는데 방어선이 너무 길어서 모두 석조로 건축하기에는 무리였기 때문으로 보였다.

트라키아 산의 험한 지형이 급격히 낮아지는 교통 길목에 요새가 자리 잡고 있었다.

'일종의 관문이로군.'

상단이 출입 신고를 하고 요새로 들어서자 순찰을 돌던 병사부터 영지민들까지 짐마차 주변으로 속속 모여들었다.

"저 상단 문양은 길시언 상단이 맞지?"

"그래. 이 사람아! 우리 영지에 자주 오던 상단이잖아. 맞네, 길시언 상단."

"그럼 저기에 그 우드로의 성녀가 있단 말인가?"

"아, 그렇겠구만."

사람들이 성녀를 연호하며 다가오자 권산은 골치가 아픈지 아미를 찌푸렸다. 우드로 남작은 일행의 신분을 함구했겠지만, 성녀의 기적적인 치유 행각(?)에 대한 소문은 불특정 영지민들의 입을 통해 벌써 전파된 모양이다.

'발 없는 말이 천 리를 간다더니.'

몇몇 영지민이 테피와 안면이 있는지 다가와 물었다.

"이보게, 테피. 성녀가 속한 용병단이 자네 상단과 같이 있다던데 사실인가?"

"그, 그게……."

"테피, 저 둘 중에 누구인가?"

테피는 안쓰러운 눈빛으로 권산을 돌아보았다. 권산은 하는 수 없이 팬텀 아머의 등을 박차고 뛰어올라 짐마차에 올라서서 소리쳤다.

"모두 길을 비켜주시오! 우리 아르고 용병단의 마법사가 우드로 영지에서 베푼 선행으로 성녀라 불리긴 했지만 소문은 과장되게 마련이오! 우리는 평범한 용병단에 불과하오! 상단이 쉴 수 있도록 배려해 주시오!"

영지민들이 제인과 백민주 중 그나마 마법사처럼 보이는 백민주를 뚫어지게 응시했다. 영지민들이 성녀에 대해 특별히 관심을 갖는 것은 이유가 있었다.

치유 마법이라는 건 자연 치유의 속도를 높여주는 것이라 경상자에게는 즉효지만, 죽기 직전의 사람을 회복시킬 정도가 되려면 고위급 마법사 중에서도 치유 마법에 특화된 이라야만 가능했다.

그런 고서클의 마법사라고 해도 수백 명의 인간을 죽음의 문턱에서 회생시킬 정도의 마력을 가졌다는 것은 듣도 보도 못한 기사였다. 가히 성녀라 불려도 그리 틀린 말이 아닌 것이다.

권산의 거듭된 호소에 영지민들이 분분이 길을 비켰다. 아글버트 백작령은 몬스터의 침공이 잦고 엘프족과의 교전도 빈번했다.

그러니 이곳 사람들은 모두 상처 입고 병든 이들 한두 명씩은 가족 중에 있게 마련이었다. 상대도 안 해주는 아글버트 백작가의 마법사보다는 성녀에게 가족의 치유를 부탁해 보고 싶은 내심이 그들에게 있는 것이다.

겨우 길을 열어 상단이 여관에 도착하자 모두 녹초가 되었다. 일행은 방 하나에 모여 앞으로의 일을 의논했다.

"대장 형님, 일이 이상하게 꼬이는데요. 아글버트 영지는 아무래도 빨리 지나가는 게 좋을 것 같습니다."

권산이 고개를 저었다.

"오다가 보니 이 요새의 북쪽 관문은 말까지 끌고 몰래 넘어갈 수 있는 구조가 아니야. 우리 신분을 밝히고 당당하게 넘든지, 아니면 테피가 상행 허가증을 발급받을 때까지 기다릴 수밖에 없다."

권산은 부득이하게 신분이 노출된다 해도 이를 눈치챈 아글버트가 모종의 행동을 벌일 기미를 보인다면 가차 없이 박살을 낼 작정이다. 모건 후작에 대해서는 이미 대응책이 서 있는 상태였다. 이번 여정에서 돌아오는 대로 그는 본인이 획책한 일에 대해 응분의 대가를 치르게 될 터였다.

"민주는 가급적 외출을 하지 말고 제인과 같이 있어. 나와 의지가 영지로 나갔다 오지."

권산과 의지가 잡화점과 식료품점을 들러 식량과 소모품을 사서 돌아오자 여관 앞에는 귀족의 것으로 보이는 마차와 기사들이 진을 치고 있었다.

'아글버트 백작이 벌써 움직였군.'

민주에게 통신 연락이 오지 않은 것으로 봐서는 급한 상황에 처한 것 같지는 않았다.

여관의 1층 홀 내부 테이블 옆에 앉아 있는 민주와 제인의 모습이 언뜻 보였다. 권산은 기사들을 무시하고 여관으로 들어가며 물었다.

"무슨 일이지?"

"아글버트 백작가에서 사람이 왔어요."

백민주의 맞은편에 앉아 있던 반백의 장년인이 자리에서 일어나 돌아보았다.

"나는 알레포라고 한다. 아글버트 백작가의 집사지. 네가 아르고 용병단의 단장인가?"

"그렇소만?"

"백작가에 긴한 사정이 있어 성녀와 동행하고자 하는데 한사코 용병단장의 허락이 있어야 한다고 하는구나. 가능하겠느냐?"

권산은 이 짧은 대화로 많은 사실을 알 수 있었다.

'아글버트 백작은 우리 일행의 정체에 대해 모르는군.'

함정이 아니라면 성녀를 필요로 하는 다른 이유가 있다는 뜻이다.

"정당한 대가만 주어진다면 못 따라갈 이유는 없겠소만, 의뢰의 내용이 뭔지는 알고 갑시다."

알레포는 이 뻣뻣한 용병단장이 마음에 들지 않았으나 일단 성녀를 데리고 가는 일이 무엇보다 중요했다.

"영주성에 중한 환자가 있다."

권산이 남모르게 렌즈 화면을 조작해서 거짓말 판독을 해 보니 진실로 나왔다.

"성녀의 보호를 위해 모두 같이 가겠소."

"큼!"

알레포는 기분이 상했는지 크게 헛기침을 터뜨리고는 마차 로 돌아갔다. 권산과 의지는 새로 사온 짐을 내려놓고 돌아와 모두 함께 마차에 올랐다.

영주성은 과연 국경 요새의 심처답게 성벽은 높고 두꺼웠으 며, 지난 전쟁의 상흔 때문인지 군데군데 부서져 보수가 이루 어지지 않은 흔적들도 보였다.

도개교 방식의 성문이 내려오자 마차가 해자를 건너 성 내 로 진입했다. 내부에는 중갑을 입은 수백의 병사들이 진영을 짜고 창검 훈련에 매진하고 있었다.

권산은 마차에서 내려 잠시 그 모습을 감상하다가 알레포 의 인솔에 따라 걸음을 옮겼다.

몇 개의 계단을 타고 올라 알레포가 간 곳은 접견실이 아니 라 바짝 마른 소년이 누워 있는 한 병실이었다. 침상 옆에는 기골이 장대한 검은 수염의 중년인이 앉아 있었고, 그 옆에는 흰색 로브를 입은 마법사가 서 있었다.

"아글버트 백작님, 성녀를 데려왔습니다."

아글버트가 알레포를 돌아보았다. 그의 인상은 한눈에 보아도 호랑이를 방불케 하는 장군의 상이었다.

절제하지 않은 광폭한 기도가 줄기줄기 흘러나와 일행의 전신을 훑었다.

'절정고수 상급의 기세로군. 노엄 공작보다도 윗줄의 소드 마스터다.'

"누가 성녀인가?"

"여기 이 여자 마법사입니다."

알레포가 백민주를 가리키자 아글버트의 시선이 백민주를 향했다. 슬픔과 분노가 뒤섞인 맹렬한 눈빛에 민주가 질린 표정을 짓자 권산이 살짝 앞으로 나서서 아글버트의 기운을 차단시켰다.

"우리는 아르고 용병단이오. 성녀 역시 우리의 일원임을 알아줬으면 하오. 급한 일이라 하여 따라나섰소만 확실하게 정할 건 정합시다. 의뢰 내용과 대가를 말하시오."

아글버트는 아무렇지도 않게 자신의 기세를 흘려 넘기는 남자에게 이채로움을 가졌다. 비단 기세 문제가 아니더라도 백작 신분인 자신에게 이렇게 뻣뻣하게 군다는 건 죽고 싶어 환장한 평민이 아니라면 달리 해석할 도리가 없었다.

"재밌는 자로군. 그래, 그 정도 용기는 있어야 용병 밥도 먹고 살겠지. 내 의뢰는 간단하다. 여기 침상에 누워 있는 내 아들 러셀을 치료해 다오. 내 아들이 쾌차만 한다면 내가 평생 먹고살 정도의 보상을 하지."

파격적인 제안이다. 아들을 사랑하는 마음이 지극하지 않고서는 내걸 수 없는 조건이다. 그만큼 러셀의 상세는 위중했다.

"좋소, 그럼 상세를 먼저 살피겠소."

백작과 마법사가 뒤로 물러나자 권산과 백민주가 가까이 접근했다. 서의지와 제인은 혹시 모를 사태에 대비하여 출입구 근처에 가만히 서서 퇴로를 확보했다. 혹여나 상황이 다급히 흘러가면 문 옆의 기사를 제압하고 길을 열 작정이다.

민주는 안절부절못하더니 권산에게 살짝 귓속말을 건넸다.

"권산 오빠, 무작정 이러면 어떡해요. 내 이능력은 외상에는 직효지만 만병통치약은 아니라고요."

"걱정 마. 내상은 내가 볼 수 있어."

권산은 뒤를 돌아보며 물었다.

"어쩌다 환자가 이리 되었는지 말해주시오."

그러자 백작의 옆에 서 있던 흰 로브의 마법사가 답했다.

"나는 백작가의 수석 마법사 모리엘이다. 도련님은 2개월 전쯤 말 타기를 하던 중 낙마하여 허벅지 뼈가 골절되었다. 그런데 요양을 잘해서 뼈가 붙은 이후 갑자기 환부에 극통을 호소하며 정신을 잃고 말고를 지금까지 반복했다. 지금은 기절해서 정신을 잃고 계시지만, 깨어나신다면 다시 비명을 지르시겠지."

"아무런 접촉이 없어도 그렇단 말이오?"

"옷깃이라도 허벅지에 닿는 일이 생기면 상상의 오우거가 다리를 강제로 뜯어내는 환영이 보일 정도라 하니 이미 인간이 감당할 고통 수준이 아닌 게지."

"지금까지 행한 치료는 무엇이었소?"

"5서클까지의 치료 마법과 힐링 포션을 사용해 봤지만 무용지물이었다."

러셀은 기절한 와중에도 고통을 느끼는지 인상을 잔뜩 찡그리고 있었다. 권산은 러셀의 손목을 잡고 내기를 흘려보았다. 유유히 혈도를 타고 흐르던 기운이 오른쪽 허벅지에 이르자 꽉 막힌 듯 움직이질 못했다. 극심한 고통으로 근육이 수축했고, 혈맥이 엉망진창으로 헝클어져 있었다.

'근육이 계속 파괴되었다 붙기를 반복하고 있군. 내부에 썩은 피가 고여 염증을 유발하고 있다. 이건 민주가 도움이 되겠군.'

권산이 고갯짓을 하자 백민주가 먼저 치유의 이능을 사용했다. 그러자 백색 빛이 허벅지로 스며들었다.

뒤에서 지켜보던 모리엘이 깜짝 놀랐다. 분명 마법의 발현을 뜻하는 섬광이 성녀의 눈에서 뿜어졌으나 주문의 영창이

나 시동어는 물론 대기에 퍼진 마력의 유동도 없었던 것이다.

'뭐지? 이런 마법이 있었나? 5서클 마스터인 내가 모르는 치유 마법이라니.'

러셀의 다리 근육이 부드럽게 풀렸고, 피부에 나타난 피멍도 깨끗하게 사라졌다. 누워 있던 러셀의 표정도 한결 편안해지는 게 누가 봐도 치유가 효과를 발휘하는 모습이다.

"오오, 러셀."

맥문을 잡고 있던 권산은 지속적으로 러셀의 다리 상태를 살피고 있었다. 기혈이 엉킨 것은 그대로였으나 적어도 근육의 경련이나 뭉침은 사라졌다.

'일단 치유 광선이 효과가 있다.'

고통이 사라지자 러셀이 천천히 정신을 처리며 눈을 떴다.

"아버지……."

"그래, 러셀. 정신을 차렸느냐?"

"이, 이상해요. 아프지 않아요. 제가 꿈을 꾸는 것인가요?"

"아니다, 러셀. 여기 성녀께서 너를 치료했다."

러셀이 침상에서 힘겹게 몸을 세워 백민주에게 인사했다. 러셀은 우락부락한 아글버트 백작과는 다르게 타고난 미소년이었지만, 몹시 수척해서 보는 이를 안쓰럽게 했다.

"역시 성녀께서 저를 치료해 주셨군요. 우드로 영지에서 벌이신 기적에 대해 들었습니다."

백민주는 부끄러워 쥐구멍에라도 들어가고 싶은 심정이었다. 그저 평범한(?) 치유 능력 좀 사용했다고 자꾸 성녀로 칭송하니 견디기 힘들었다.

"그런 말 말아요. 빨리 건강을 찾아서 살도 좀 찌고요."

모리엘이 살짝 권산의 옷깃을 잡아당겼다. 따로 하고 싶은 말이 있는 모양이다. 둘은 뒤로 빠져서 작은 목소리로 주고받았다.

"이렇게 상세가 좋아지다니 믿기 힘들 정도네. 도련님이 완쾌된 것인가?"

권산은 잠시 생각하더니 고개를 저었다.

"지금은 일시적인지 영구적인지 알 수 없소. 영주성에서 며칠 묵을 테니 상세를 지켜봅시다."

모리엘은 아글버트에게 그 같은 권산의 의견을 정했고, 일행은 영주성 내에 방을 배정받았다. 혹시 몰라 큰 방 하나에 모두가 함께 들어갔다.

그 날 밤 러셀의 찢어지는 듯한 비명과 함께 백민주가 다시 호출되었다. 치유 이능을 사용하니 바로 증세가 좋아졌지만, 완쾌되지 못했다는 것을 모두가 알게 된 밤이었다.

정확히 하루에 두 번.

러셀의 치료를 위해 백민주가 호출되는 횟수였다. 치유 이능력은 일종의 마약처럼 러셀에게는 없어서는 안 되는 능력이 되었다.

그러던 차에 영주성에 테피가 찾아와 면담을 신청했다. 권산이 그를 만나자 테피는 상행 허가증이 발급되지 않는다고 하소연을 했다.

"이런 일은 전례가 없습니다요. 우리같이 빈번하게 로도스 교역장을 오가는 상단이 신분 문제로 붙잡히다니요. 상행에 실패하면 저는 길시언 자작님께 죽습니다요."

테피가 돌아가고 권산은 아글버트 백작의 의도를 깨달았다. 러셀의 완쾌가 실패한 이상 대안을 찾을 때까지 성녀를 붙잡아두려는 속셈인 것이다.

'이거 일이 꼬였군.'

권산은 방으로 돌아와 거울 앞에 섰다. 러셀의 병세를 무시하고 이 영지를 탈출하든지, 러셀을 완벽하게 치료하는 것 외에는 대책이 없었다. 기공 치료를 시도해 볼까도 생각했지만, 오랜 병상 생활로 피폐해진 러셀의 혈맥이 견뎌낼 수 있을 것 같지 않았다.

"이데아, 지명훈을 연결해 줘."

—지명훈 박사님과 영상통화 연결할까요?

"그래."

화성으로 오기 전 지명훈의 단말기에 이데아를 경유한 핫 라인이 만들었다. 그것을 요긴하게 활용할 때가 온 것이다. 권산의 렌즈 화면 한쪽에 영상통화 창이 하나 열렸다. 꽤나 오랜만에 보는 지명훈의 얼굴이다.

"친구, 신수가 훤해졌군."

—권산, 정말 오랜만이야. 왜 이렇게 연락이 없나? J&K제약이 어떻게 굴러가고 있는지는 주간마다 자네 메일에 공유하고 있네만 한 번도 안 봤더군.

"자네가 잘하고 있으니 굳이 볼 필요가 없더군.

—그건 그렇고, 민지혜 실장을 통해서 자네 근황은 전해 듣고 있었어. 정말 재밌는 여행을 하고 있다지? 경기도 화성에서 말이야.

권산이 빙긋 웃었다. 거울에 반사된 권산의 모습이 증강 현실 렌즈의 투영 녹화 기능을 통해 지명훈의 단말기에도 보이고 있을 터이다.

"농담이 많이 늘었군. 여기에는 자네가 관심을 가질 만한 표본이 정말 많아. 이 세계에서는 몬스터라고 부르는 생물체들 말이야. 내가 선물로 급속 재생 능력이 있는 트롤이라는 몬스터의 피를 채취해서 가지고 있지. 여기서는 이 트롤의 피로 힐링 포션이라는 회복제를 만든다네. 언제고 보내줄게."

—이미 민 실장이 제법 많은 표본을 냉동 밀봉 해서 내게 보내주고 있네. 지구의 괴수와는 또 다른 맛이 있더군. 아직

은 극비로 추진해서 극소수의 연구원들이 분석하고 있지만 말이야. 분명 쓸 만한 의약품을 만들어낼 수 있겠지. 그 트롤의 피는 지금 당장에라도 받고 싶어 근질거리는데? 하하!

권산은 지명훈과 가벼운 대화를 좀 나누다가 이번 러셀 건에 대해 설명했다.

"이런 증상을 겪는 소년일세. 치유 이능으로 일시 회복은 되지만 한나절 만에 다시 증상이 원상 복구 되고 있지."

―뭐라도 환부에 닿으면 칼로 신체를 절단한 것 이상의 통증 호소 증상, 뼈가 부러졌다가 붙었다는 점, 별다른 외상이 없는 점으로 볼 때 아무래도 CPRS로 보이네.

"CPRS?"

―복합 부위 통증 증후군이라고, 외상이나 골절, 화상을 겪은 사람의 신경 손상이 원인이지. 이건 조기 치료가 중요해. 3개월 이내에 치료하는 게 관건이라고 기억하네.

"다행이군. 이제 2개월이 됐네."

―신경계 관련 질환이지만 출산보다 더한 고통을 매 순간 겪는 악마적인 병이라 정신계 질환을 동반하지. 다행히 치료제는 나와 있네. 어떤 천재가 몇 개월 전에 개발해서 출시했지.

말의 뉘앙스만 보아도 누군지 알 듯했다.

"이 적절한 타이밍에 약물을 만든 천재의 성이 지 씨 아닌가?"

─괴수 연구에 미친 지 씨 과학자가 맞네.

지명훈은 치료제를 민지혜를 통해 전달하기로 했다. 영상 통화를 종료한 권산이 민지혜에게 연락해 내용을 전하니 그녀는 참 다행이라는 듯 안도의 한숨을 내쉬었다.

─천만다행이네요. 지대지 순항미사일 발사가 2일 후면 가능했거든요. 조금만 늦었어도 100억짜리 미사일 한 발 더 쏠 뻔했네요. 부탁하신 최고급 원두 10종을 구해놨어요. 지구상에 존재하는 최고라 자부해요. 그 미사일 편으로 치료제를 같이 보낼게요. 본토에서 2일 안에 여기까지 운송해 오기는 힘드니 별수 없이 공 노파에게 부탁해야겠네요.

민지혜의 일 처리 수완은 역시 알아줘야 했다. 미사일이야 진성그룹의 지원이 있어서 수월했겠지만, 핵전쟁 이후 커피 재배지가 급감한 현실에서 최고급 원두는 부르는 게 값이었다.

8장
국경 요새 II

이틀 뒤 야심한 시각.

화성 숙영지에서는 고체 연료를 태우며 하늘로 솟구친 미사일이 있었다. 미사일은 고고도에서 날개를 펴고 400km 거리를 항속한 뒤 몸체에서 탄두를 분리시켰다.

낙하산이 펼치며 저속 낙하에 들어간 탄두는 원두와 치료제를 싣고 아글버트 영주성 상공에 모습을 드러냈다.

"대장, 저기 내려옵니다. 택배가 기가 막히게 배달되는데요."

"100억짜리니 그 값은 해야겠지."

칠흑 같은 어둠을 뚫고 첨탑에 오른 권산은 허공섭물의 공부를 발휘했다. 허공으로 뻗어나간 기공의 손이 탄두를 붙잡아 끌어당긴 것이다. 염력 계열의 이능력과 비슷한 기공의 한 경지였다.

권산은 탄두를 열고 그 안에 잘 밀봉된 물건을 꺼냈다. 상한 것 없이 깨끗했다. 권산은 고마움의 표시로 민지혜에게 메시지를 남기는 걸 잊지 않았다.

[배송 완료. 로켓 배송 잘 받았어.]

다음날 백민주는 권산이 건넨 치료제를 받았다.

바이알에 담긴 치료 약물을 주사기로 뽑아서 러셀의 허벅지에 주사했다. 생소한 치료술에 아글버트와 모리엘이 의문을 품었으나 치유 마법이 깃든 성수라 둘러대었다.

CPRS 치료제를 접종받은 러셀의 상세가 빠르게 좋아졌다. 백민주의 치유 능력도 필요하지 않았으며, 헝클어진 기혈도 제자리를 찾아갔다. 악마적인 고통도, 정신적인 피폐함도 말끔히 사라지고 마침내 러셀의 육신에 평화가 깃들었다.

아글버트는 그 산적 같은 얼굴에서 눈물을 흘리며 기뻐했다. 그에게 남은 유일한 혈육이 성녀의 축복을 받아 죽음의 늪에서 빠져나왔으니 그 기쁨은 이루 말할 수 없을 지경이었다.

"약속대로 보상을 주겠다. 집사, 이자에게 50만 플로린을 지불하라."

과연 평민 기준으로 평생을 먹고살 만한 금액이었다. 재정이 풍족하지 않은 영지치고는 과한 보상이 분명하다.

"한 사람이라면 충분하겠으나 우리는 4인 용병단이오. 말씀하신 대로 충분한 보상 정도가 되려면 인당 20만 플로린은 돼야 할 거라 봅니다만."

"흠."

아글버트의 백작의 입에서 낮은 신음이 터져 나왔다. 집사가 나서서 권산에게 호통을 치려 했지만 백작이 이를 제지했다.

"50만 플로린의 거액이면 네 단원 전체가 용병 생활을 청산해도 될 터인데 과연 예사 용병은 아니로군. 좋다, 10만 플로린을 올려 60만 플로린을 주지."

권산도 시원스레 고개를 끄덕였다.

"좋소."

집사가 어디론가 사라져 금화가 가득 든 주머니를 들고 왔다. 무게가 상당하여 동료들이 분해해서 나눠 들 정도였다. 권산의 입장에서는 로켓 배송에만 100억 원을 썼기 때문에 60만 플로린을 받아봐야 고작 6%밖에 되지 않는다. 엄청난 적자인 것이다.

그러나 당장 쓸 수 없는 지구의 화폐가 아니라 화성의 화폐인 것이 중요하다. 로도스 교역장에서 엘프 길잡이를 부리자면 무엇이 필요할지 아직 모르니 플로린은 충분할수록 좋았다.

"그럼 우리는 이만 가보겠소."

마침내 권산 일행은 영주성에서 나올 수 있었다. 길시언 상단에게는 곧바로 상행 허가증이 발급되었고, 모두는 국경을 넘는 북쪽 관문 앞으로 집결했다.

"공작님, 고생 많으셨습니다."

"아니다. 공연히 상단이 성녀와 엮여 피해를 입었군."

"아닙니다요. 상행이야 좀 늦어졌지만, 우리 길시언 상단의 이미지가 상당히 좋아졌습죠. 앞으로의 가치를 따져보자면 오히려 제가 감사를 드려야지요. 예!"

꿀이 흐르는 듯한 테피의 언변이 줄줄이 쏟아졌다. 이쪽 방면으로는 정말 재능이 충만한 자였다.

"자, 여정이 많이 늦었으니 서두르자."

상단과 권산 일행이 관문을 넘자 화성에서는 찾아보기 힘든 녹색 초지가 저지대로 넓게 내려다보였다. 여기저기 흐르는 샛강과 야생동물들이 곳곳에 보이는 게 자연환경이 잘 보존되었던 수백 년 전 지구의 모습을 보는 듯했다.

'엘프의 땅은 정말 신비롭군.'

상단이 초지에 난 마차 길에 들어서서 한 시간이나 갔을까. 국경 요새가 있는 뒤쪽에서 거친 말발굽 소리가 빠르게 가까워졌다.

"대장 형님, 기사단입니다. 가장 앞에는 아글버트 백작도 보이는데요?"

"좋은 일로 온 것은 아닐 것이다. 모두 전투 준비를 해."

일행이 무기를 꺼내 들고 기마를 한 채 권산의 뒤로 모여들자 테피는 마차의 말 머리를 모아 원형으로 대형을 짰다.

기사단이 권산이 사야에 잡힐 만큼 다가오자 아글버트의 옆에 먼지를 잔뜩 뒤집어쓴 인물 하나가 보였다. 지닌 행색이 아글버트의 부하로 보이지는 않았다.

권산은 몰랐으나 그가 바로 모건 후작의 책사인 코니스였다. 코니스는 칠흑의 늑대단이 전멸한 것을 보고받고 권산의 종적을 찾느라 애를 쓰다가 우드로 영지에 나타났다는 성녀에 대한 소식을 접하고 이를 단서로 권산의 행적을 찾아냈다.

국경을 넘어갈 것임을 직감한 코니스는 조사 나간 수행기사를 기다릴 틈도 없이 단신으로 아글버트 국경 요새로 말을 몰아 여기까지 오게 된 것이다.

칠흑의 늑대단의 배후에 대해 혹시나 권산이 정보를 가지고 있다면 그것만큼 위험한 것이 없었다. 최소한 무슨 명분을 대든 국경을 나가기 전에 붙잡아 어디까지 알고 있는지 확인해야 했다. 그것이 모건 가문의 충복인 자신이 할 일이었다.

기사단이 일정 거리를 두고 멈추자 권산이 먼저 물었다.

"무슨 일이시오? 이제 우리의 역할은 끝난 것으로 아오만."

아글버트는 입술을 깨물고 투구를 열어젖혔다.

"노스랜더 공작님, 장난은 그만 치십시오. 일개 용병단장으로 신분을 감추고 우리 아글버트가를 기만한 것은 장난으로 받아들이기에 썩 기분 좋은 일이 아니지요."

"내 신분을 알게 되었군. 그러나 이미 영지를 떠난 나를 쫓아와서 추궁할 정도로 내가 잘못한 것인가? 적어도 나는 용병의 신분으로 의뢰받은 일은 완수하지 않았나. 너는 괴이한 논리를 펼치는군. 나를 따라온 이유가 뭔가?"

"그건……."

아글버트의 답변이 궁색해졌다. 코니스가 무슨 이유를 대서든 일단 붙잡아 요새로 데리고 와야 한다고 해서 출발은 했지만, 그는 개인적으로도 은인이라고 할 수 있었고 특별히 영지에 해를 끼친 것도 없었다. 그때 코니스가 나섰다.

"저는 코니스라 합니다, 노스랜더 공작님. 여기 아글버트 백작이 서둘러 따라온 것은 공작님의 신분을 알게 된 이상 이제라도 신분에 걸맞은 대접을 해드리고자 함입니다. 부디 저희의 청을 물리시 말아주십시오."

권산은 씽긋 웃었다. 이런 것을 염려했기 때문에 아글버트

영지를 서둘러 통과하고자 한 것이다.

"코니스 너는 모건 후작의 사람이 분명하군. 그렇지 않나?"

코니스는 철벽같이 얼굴을 굳히고 입을 다물었다. 그러나 이는 누가 봐도 긍정의 표현으로 보였다.

"칠흑의 늑대단이라는 선물은 잘 받았다. 이미 대접에 소홀함이 없었는데 다시 요새로 돌아가 또 대접을 받고 싶진 않군."

코니스는 절대로 수긍할 수 없었다. 상대에게 결정적인 증거가 없는 이상 잡아떼는 것이 상책이었다.

"무슨 말씀이신지 모르겠습니다."

"자네는 내가 얼마나 알고 있는지 궁금하겠지? 나는 나크둠에게 모든 진실을 들었다. 내 여정이 끝나는 대로 모건 후작령에 들러 앙갚음을 해줄 예정이야. 대접은 그때 받아도 충분할 것 같은데, 어때?"

코니스의 얼굴이 일그러졌다. 가정한 상황 중 최악이었다. 증거고 뭐고 필요 없었다. 권산과 같은 그랜드마스터가 작심을 하고 기사 대 기사의 싸움으로 몰아간다면 정공법으로는 막아낼 방법이 없었다. 오로지 암중으로 제국의 힘을 빌리는 방법뿐이었다. 소드마스터인 모건 후작과는 일대일 대결이 벌어질 것이고, 틀림없이 권산이 이길 것이다. 얄밉게도 같은 나라 귀족 간의 명예 대결을 명분으로 삼으면 기사단을 동원할 수도 없었다.

지금 권산의 자세로 보건대 필시 모건 후작은 죽든가 재기 불능에 빠질 것이다. 모건 후작가의 멸문이 눈앞에 그려졌다.

코니스는 말에서 내려 권산 앞에 무릎을 꿇었다.

"공작이시여, 모두 책사인 저의 독단에 의해 저질러진 일입니다. 저 하나의 목숨을 취하시고 오해를 푸소서."

권산은 피식 웃으며 코니스를 쏘아보았다.

"칠흑의 늑대단이 벌인 살육의 대가에 대해서는 누군가 책임을 져야겠지. 돌아가라, 코니스. 개의 잘못은 주인에게 따지는 법이다."

코니스의 어깨가 부들부들 떨렸다. 권산이 전신 공력을 개방하여 무서운 기운을 뿜어낸 탓이다. 무신과 같은 위압감이 절로 좌중을 휘감았다. 그러나 그 위압감을 버티며 다가오는 이가 있었다.

"노스랜더 공작, 나 아글버트는 모건가에 은혜를 입은 몸으로 이대로 그대를 보낼 수 없소. 남자 대 남자, 기사 대 기사로 나와 승부합시다."

젤란드 제일의 기사라는 아글버트이다. 아글버트는 내심 의구심이 들었다. 그랜드마스터라는 소문만 들었지 진실로 제국의 그랜드마스터와 동급 수준일 것인가 하는 익심이다. 자신의 뼈를 깎는 고련이라면 어느 정도 그랜드마스터에게도 통할 것이라는 자신감도 있었다.

"명분 없는 대결을 걸어오다니, 내가 아는 아글버트 백작답지 않군. 조건은 무엇으로 할 것인가?"

"나 아글버트가 이기면 모건가에 대한 원한을 잊어주시오."

"내가 이기면?"

"나 아글버트 영지를 노스랜더 영지의 속령으로 내어놓겠소."

"흠!"

놀라운 제안이었다. 속령으로 내어놓겠다는 건 본인도 권산의 수하로 종속되겠다는 의미이다. 그야말로 건곤일척의 승부수를 띄운 것이다.

'모건 후작의 수완이 대단하긴 한 모양이군. 이런 충성심을 얻어내다니.'

권산은 대결을 승낙했다. 동료들은 권산이 질 수 있다는 생각은 꿈에도 하지 않았다. 그의 진정한 실력을 모르고 덤비는 아글버트 백작이 안쓰러울 따름이었다.

"모두 물러나라!"

아글버트의 호통에 기사단이 분분히 말을 물려 공터를 만들었다. 그의 뒤로 기사단과 코니스가 둘러서고, 권산의 뒤로 동료들이 거리를 두고 서 있다.

"백작님이 대결한다."

"그랜드마스터고 뭐고 다 헛소문이야. 저렇게 젊은 나이에 가당키나 한 소리야? 제국의 연공법은 절대 외부에 유출된 적이 없다고."

"백작님은 소드마스터 중에서도 상급이야. 저 공작이 같은 소드마스터 정도라 해도 백작님을 이기진 못해."

좌중의 웅성임이 잦아들었다.

권산은 고요히 마음을 가라앉히며 검을 뽑아 수직으로 세웠다. 미간을 가로지른 검날 너머로 그의 눈빛에 짙은 살심이 깃들었다.

"모건 후작과 어떤 인연인 줄은 모르겠으나, 그가 날 건드린 이상 그와는 척을 져야만 아글버트 가문의 살 길이 열릴 것이다."

아글버트 역시 바스타드 소드를 뽑아 왼쪽 땅을 가리키는 기수식을 취했다. 묘하게 빈틈이 있어 보이면서도 안정된 자세였다.

"기사는 검으로 말하는 법. 자, 시작합니다."

선공은 아글버트였다.

선수를 취한다는 것은 고수들끼리의 싸움에서 흑돌을 쥐고 공격하는 만큼 유리한 점이 있었다. 아글버트는 조금의 가능성도 놓치고 싶지 않았다.

아글버트의 검이 하단에서 상단으로 턱을 베어왔다. 패도가 담긴 큰 베기에 속도와 방위가 절묘하여 피하기도 쉽지 않았다.

권산은 방어를 하는 대신 태산압정의 자세로 마주 검을 내리 베었다.

"합!"

부웅!

"헛!"

정중동의 기세를 담은 검이 무겁게 마주쳐 왔다. 아글버트는 베어가던 손에 여유를 주어 회전 베기를 시도하려다가 부딪치는 순간 제대로 힘을 빼지 못해 손목이 부러질 뻔했다. 장담하건대 이렇게 무거운 검은 받아본 적이 없었다. 물리적인 무게뿐 아니라 검을 타고 밀려들어 오는 포스의 느낌이 몹시도 육중했다.

아글버트는 팔 전체로 퍼지는 충격을 해소하기 위해 몸통을 회전시키며 권산의 검을 방어했다.

쾅! 쾅!

검과 검이 부딪쳤다고는 믿을 수 없는 굉음이 울리며 둘의 검은 삽시간에 30여 합을 겨루었다. 검속은 점점 더 빨라지며 정신없는 검광이 공기를 가로질렀다.

아글버트의 실력은 권산이 본 그 어느 기사보다도 더할 나위 없이 훌륭했다.

군더더기 없는 깔끔한 검로에 공격과 방어를 일체화시킨 공수 일체의 움직임. 롱소드보다 긴 바스타드의 특징을 살린 양손 검법이 현란하게 뿜어져 나왔다. 초식 면에서 나이트 검술의 극한에 다다랐다고 평할 만했다.

권산은 용살검법의 초식을 연거푸 전개하며 아글버트의 검로를 끊고, 막고, 반격하고, 빈틈을 찔렀다. 그 묘용에 한 번씩 낭패한 신색으로 아글버트가 스텝을 밟아 물러났다.

"하앗!"

아글버트의 검이 호쾌한 검면을 만들며 풍차처럼 베어오자 권산은 뒷걸음질 치며 검면 여기저기를 찔러 진로를 방해했다. 손목이 찔릴 것을 우려한 아글버트가 손목을 이리저리 움직이며 연거푸 베어왔고, 권산은 계속해서 공간을 찔러 진로를 막아내었다.

언뜻 호각지세로 보였으나 아글버트의 속내는 하얗게 타들어갔다.

대결 이후 그가 완벽하게 펼친 공세가 하나도 없었던 것이다.

권산은 그의 검술에 대한 파훼법을 알기라도 하는 것처럼 지능적으로 방해를 걸어왔다.

'오러 블레이드를 쓸 수밖에 없군. 대결이 길어지면 결국 내 포스가 먼저 바닥난다.'

아글버트의 바스타드 소드에서 푸른 광망이 솟구쳤다. 아스가르드 신족의 무기 재료로 회자되는 우르 금속이 아니라면 막을 수 없는 파괴의 빛이었다.

"오러 블레이드라······."

블랙 그래피티의 검신에서 푸른 검기가 솟구쳤다.

쾅! 쾅!

푸르게 빛나는 둘의 검이 시원한 호선을 그리며 마구 부딪쳤다. 대결은 무려 300합이 넘게 계속되었다. 아글버트는 자신이 익힌 모든 종류의 검술을 쏟아부었고, 심지어 모든 수법이 통하지 않자 결국 비기를 꺼내 들 수밖에 없었다.

이제껏 단 한 번도 실패한 적이 없는 필살의 기술.

기요틴 드라이브였다.

'하압!'

아글버트는 바스타드 소드를 하늘로 던지며 무릎을 굽혀 양 주먹을 땅에 박아 넣었다. 건틀릿에서 노란 빛이 터지며 땅으로 스며들었고, 권산 주변의 땅거죽이 들리며 무섭게 출렁거렸다.

"어스퀘이크 마법이다."

권산은 예상치 못한 공격에 잠시 흔들렸으나 이내 천근추를 시전하며 중심을 잡았고, 동시에 정수리로 검기가 담긴 바스타드 소드가 회전하며 내리꽂혔다. 발을 묶고 목을 치는 기요턴 드라이브의 진가가 발휘된 것이다.

'참 절묘한 타이밍이로군.'

참으로 어중간한 틈새를 파고든 수법이라 몸을 빼기도 방어하기도 애매했다.

권산은 급히 모은 한 푼의 내공으로 검기를 끌어 올려 바스터드 소드의 검신을 후려쳤다.

회전하는 검의 무게중심을 정확히 타격하자 검은 방향을 틀어 아글버트의 어깨로 날아갔다. 아글버트는 예상치 못한 권산의 반격에 그대로 갑옷에 검신이 꽂히며 신음성을 터뜨렸다.

"크윽!"

권산은 기회를 놓치지 않고 발등으로 오금을 때리며 검을 내리그었다.

금속이 잘리는 스파크가 튀며 아글버트의 가슴부터 복부까지 갑옷이 잘려 나갔다. 길게 검상을 입은 아글버트는 간신히 고통을 참으며 무릎을 꿇고 패배를 인정했다. 격한 호흡과 땀방울은 그가 전력을 뽑아내고도 권산을 당해내지 못함을 보여주었다.

"더 할 필요는 없을 것 같은데?"

"참으로 귀신같은 실력이오. 기사로서 맹세한 것을 지키겠소."

기사단은 아글버트의 패배를 인정할 수 없다는 듯이 무섭게 기세를 피워 올리며 분개했다. 성미가 급한 몇몇이 나서려하자 권산은 내공을 끌어 올려 그들의 앞으로 초살참을 날렸다.

강력한 강기가 대지를 일직선으로 할퀴자 두꺼운 땅거죽이 뒤집히며 먼지구름이 터져 올랐다.

콰앙!

"참을 만큼 참았다. 만용의 대가는 죽음뿐임을 명심해라."

아글버트는 이를 악다물며 기사단을 뒤로 물렀다. 저 정도의 공격을 두세 번만 뿜어낼 수 있어도 기사단은 괴멸할 것이 자명했다.

"우리 아글버트가는 노스랜더가에 귀속되었다. 기사의 맹세이니 모두 새 주인에게 예를 갖추어라."

기사단이 분분히 한쪽 무릎을 꿇고 충성의 맹세를 올렸다. 얼마나 믿고 갈 수 있을지 모르겠지만, 권산은 모건가의 힘을 뺀 것에 만족하기로 했다.

"코니스, 너는 돌아가도 좋다. 너를 살려두는 것은 모건에게 내가 갈 것이라는 소식을 전해야 하기 때문이다. 경거망동하지 말고 나를 기다려라."

코니스는 속이 보이지 않는 무표정으로 권산에게 경례를 취하고는 말에 올라 온 길을 되돌아갔다. 일이 이렇게 된 이상 새로운 책략을 짜야만 했다.

'그리 쉽게 당해줄 수는 없다, 권산.'

권산은 아글버트에게 영지로 돌아갈 것을 명하고 다시 로
도스 교역장으로 출발했다.

9장
로도스 교역장 I

　로도스 교역장은 가시덤불 벽에 둘러싸인 평지 마을이었다. 대부분의 거주민은 엘프였으며, 상행을 나온 상단과 이곳에 상주하는 것으로 보이는 인간도 간혹 눈에 띄었다.

　"엘프들은 기본적으로 통역 스킬이 있어서 타 종족과도 말이 통합니다. 분명 입 모양은 아닌데 발음은 우리말로 들리니 참 이상한 마법입니다만, 하여간 그 덕분에 그들과 거래를 할 수 있습죠. 이곳의 엘프들은 그들의 세계에서도 상인 직업을 가진 자들로 레벨 업을 하기 위해 이곳에 나와 있다고 합니다."

"레벨 업?"

"뭔가 그들 사회에서 더 귀한 존재가 되는 과정이라고 하더 군요. 제가 주로 거래하는 이가 저 은발의 엘프입죠. 여, 아 론!"

아론이라 불린 엘프 남성이 고개를 돌렸다. 그의 상점은 수 십 개가 늘어서 있는 시장의 초입에 위치해 있었다.

"테피, 오랜만이군요. 좋은 거래를 위해 멀리서 오셨군요."

엘프 남성은 키가 훤칠하고 마른 몸에 귀가 뾰족한 미남자 였다. 주변을 둘러보니 엘프들은 하나같이 선남선녀에 눈처럼 흰 백인의 피부를 가지고 있었다. 그 외에는 인간과 그리 다르 다는 느낌은 받을 수 없었다. 그러나 권산은 기감을 펼쳐 그 들 종족이 내뿜는 특유의 기운을 읽었다.

'엘프들은 목(木)의 기운이 강한 종족이군.'

토기가 강한 드워프와는 다른 기운이었다. 엘프는 크게 블 러드 엘프와 우드 엘프로 나뉜다. 눈빛의 색깔로 구별할 수 있는데 교역장의 엘프 중 붉은 눈동자를 가진 엘프는 없는 듯 했다. 호전적인 블러드 엘프와 인간 사이에는 오직 전쟁만이 있을 뿐으로 애초에 교역과 같은 평화적 행위는 존재하지 않 았다.

"아론, 오랜만이오. 이번에도 쓸 만한 물건을 제법 가져왔 소. 아, 그리고 이쪽은 젤란드의 권산 노스랜더 공작님이오."

"반갑습니다, 권산 님. 인간의 최고 귀족이시군요. 나무의 평화가 여정에 깃들기 바랍니다. 저와 교역을 원하시나요?"

권산은 아론에게 인사하고 단도직입적으로 물었다.

"나는 어떤 물건을 구하기 위해 여행하고 있소. 우선 이것을 구할 수 있을지 답을 듣고 싶소."

권산이 '에이크시르니르의 뿔'이라는 성약에 대해 설명하자 아론의 평온한 표정이 급격히 무너지며 그의 얼굴이 파르르 떨렸다.

"그런 성약의 존재에 대해서 저는 드릴 말이 없습니다. 존재도, 부재도 답하지 못합니다."

아론은 태도를 보아 성약에 대해 아는 것이 분명했다. 성약이 실존하긴 하지만 이 존재가 몹시 비밀스럽게 다뤄지는 것이 분명했다. 그러니 미지의 인간에게 정보를 주지 않기 위해 방어적으로 답변한 것이다.

"나로서는 부모와 같은 이의 목숨이 걸린 일이오. 아무나 답할 수 없는 정보라면 그대들 엘프의 지도자와 만나고 싶소만."

"권산 님은 무척 난감한 요구를 하시는군요. 우리 숲의 자식들과 인간은 몇 해 전까지만 해도 전쟁을 치르던 사이예요. 하이엘프 원로원이 있는 엘루시아의 위치는 절대적인 비밀입니다. 이해해 주시리라 믿습니다."

"음."

권산은 뒤돌아 일행과 상의했다.

"쉽게 일이 풀리지 않는군. 길잡이를 고용해도 엘루시아로 곧바로 가긴 어렵겠어. 예정대로 마인호프를 경유해야겠다."

"대장, 마인호프까지만 가면 그 뒤로는 록스타 영감의 친우인 보롬의 도움을 받으려는 거죠?"

"그래. 마인호프와 엘루시아가 가깝길 바라는 수밖에."

엘프들의 땅에는 광대한 수림이 존재했다. 위성으로는 엘루시아의 위치를 잡아내기 어렵다. 물론 땅속에 있을 것으로 추정되는 마인호프의 위치 역시 마찬가지다.

"아론, 그렇다면 마인호프까지는 어떻소? 우린 그곳에 보롬이라는 드워프에게 볼일이 있소."

"광맥의 주인 드워프 보롬의 친구이신 줄 몰랐군요. 마인호프까지 길잡이를 구하신다면 가능합니다. 저기 보이는 붉은 나무의 집이 알선소입니다. 저곳에 마인호프까지 길잡이가 필요하다는 의뢰를 하세요. 모험 중인 엘프 전사가 찾아올 겁니다. 다만 마인호프까지 가는 동안 만날 수 있는 몬스터나 블러드 엘프의 습격으로부터 안전은 보장할 수 없습니다.."

"도움에 감사드리오."

권산 일행은 그 지리에서 길시언 상단과 헤어졌다. 테피는 돌아가는 길은 다른 상단과 합류하여 갈 것이라고 했다. 알선소에 의뢰한 지 얼마 되지 않아 큰 활을 몸에 걸고 있는 두 명의 엘프 여성이 나타났다. 둘은 빛나는 금발에 미려한 이목구비를 가졌고, 쌍둥이처럼 닮아 있었다.

"마인호프까지 길잡이를 찾으시나요?"

"그렇소만."

"우리가 의뢰를 받겠어요. 대가는 무엇으로 지불하시겠어요?"

"인간의 화폐도 무방하오?"

"플로린은 우리에게 가치가 없어요. 다만 골드 플로린을 가지고 계시다면 순금의 가치가 있으니 1kg어치 지불하셔도 됩니다."

이데아가 빠르게 계산해서 렌즈 화면에 가격을 띄웠다. 대략 5천만 원이라는 계산이 나왔다. 권산은 가격을 흥정하지 않았다. 대신 추가 의뢰를 했다.

"길 안내에 전투 참여까지 해서 1.5kg을 지불하겠소. 어떻소?"

엘프들은 서로 얼굴을 마주 보더니 고개를 끄덕였다.

"좋아요. 화끈한 분이시네요. 퀘스트를 수락합니다."

그러자 엘프들의 몸에서 빛이 나며 그들의 얼굴 전면에 엘프어로 보이는 홀로그램 문자가 떠올랐다가 사라졌다.

[퀘스트: 이방인의 길 안내]

이채롭고 신비한 이방인이 나타났다.

그들을 데리고 마인호프의 입구까지 인솔하라.

이방인의 신변을 보호하기 위해 전투에 참여하는 조건.

보상: 골드 1.5㎏

백민주가 깜짝 놀라 그녀들에게 물었다.

"방금 휙 지나간 게 뭐죠?"

"퀘스트 내용을 받은 거예요. 미미르의 권능이죠. 마법이라고 생각하시면 편해요."

권산은 이들이 사는 아바타 세상이 마치 게임과 흡사하다고 느낀 바가 있다.

정말 놀라울 정도였다.

"통성명이나 합시다. 나는 권산, 이쪽은 제인, 백민주, 서의지요."

"우린 아르네, 다프네 자매예요. 레벨 60의 궁수죠. 중급 사냥터까지는 문제없이 다닐 수 있으니 마인호프까지는 안전하게 모시죠."

"좋소. 며칠이 걸릴지 알려주시오. 준비를 좀 하겠소."

"보통 말로 평원을 가로질러 10일의 거리지만 우리가 지름길을 알아요. 안전하게 5일이면 도착할 수 있어요."

엘프의 잡화점에서 파는 건육으로 식량을 보충했다.

출발에 앞서 탈것이 없던 그녀들이 흰색 알을 꺼내며 주문을 외우자 백색 유니콘이 빛과 함께 소환되었다.

소환수라 하는데 신기한 것투성이였다.

"가죠."

엘프 자매의 인솔을 받고 북동쪽으로 출발했다. 그리고 그런 일행을 멀리서 지켜보는 눈이 있었다.

교역장에서부터 따라온 큰 키의 엘프로, 로브의 두건을 걷자 시뻘겋게 물든 핏빛 눈동자가 드러났다.

블러드 엘프.

아바타의 부활 능력을 이용해 오직 전쟁과 전투에 온몸을 불사르며 우드 엘프마저 PK하기를 주저하지 않는 엘프 사회의 이단아였다.

블러드 엘프는 마법 창을 열어 자신의 무리에게 메시지를 보냈다.

[성스러운 엘븐의 땅에 더러운 인간족이 침범했다. 동지들이 처리하라. 두 명의 부역자 엘프가 이끄는 중. 어둠에게 영광을, 피에게 경배를.]

초원을 통과하며 잡몹이 끊임없이 나타났지만 자매가 화살로 손쉽게 처리했다. 그러자 죽은 몬스터의 몸에서 붉은 에너지체가 솟구쳤다. 전에도 본 적이 있는 마성 에너지였다. 다만 차이점은 그냥 공기 중으로 녹아 없어지는 것이 아니라 막타를 때린 엘프의 몸으로 흡수된다는 점이다.

'엘프가 몬스터를 죽이면 마성 에너지가 흡수되는구나. 저 에너지를 모아서 레벨을 올리는 모양이군.'

해가 지며 거대한 해바라기 꽃이 가득한 숲의 초입에 다다랐다. 꽃으로 이루어진 거대 수림이었다. 떨어지는 해바라기 잎을 발로 밀며 아르네가 입을 열었다.

"중급 사냥터인 해바라기 숲이에요. 곤충류 몹이 많아서 밤에 들어가면 위험하죠. 일단 안전지대인 여기서 쉬었다 갈게요."

그녀가 빈 허공에 손을 집어넣고 뭔가를 잡아당겼다. 인벤토리에서 물건을 꺼내는 행위라고 했다.

"소환."

노란색 알을 쥐고 주문을 외우자 대형 인디언 텐트와 모닥불 세트가 땅에 펼쳐졌다. 입이 떡 벌어지게 하는 믿을 수 없는 마법이었다. 이만한 캠프를 운반하려면 말 하나로도 부족할 것이다. 저 소환구를 대량으로 생산할 수만 있다면 지구의 문화를 크게 비꿀 수 있을 것이다.

권산은 녹화한 화면을 바로 잘라내어 이데아를 통해 민지혜에게 보냈다. 양자연구소에 오랜만에 흥미로운 일거리가 주어진 것이다.

"후한 보수를 약속하셨으니 이건 우리와 같이 쓰셔도 돼요."

"고맙소."

일행이 야영 준비에 들어가자 서의지가 동생 엘프인 다프네에게 말을 걸었다.

"다프네 씨의 몸도 아바타인가요? 엘프들은 목성에 진짜 육체가 있고 화성에는 아바타 몸에 정신만 들어와 있다던데 사실인가 해서요."

"우리 세계에 대해 잘 알고 있군요, 전사님. 사실이랍니다. 우린 미미르가 만든 세상에서 유희를 즐기는 중이지요."

"그럼 유희 중에 아바타가 죽는 일이 생기면 어떻게 되죠?"

"레벨 다운의 패널티를 받고 가까운 부활의 나무에서 새롭게 태어나죠. 즉시 부활하려면 3레벨 이상 다운되어서 페널티가 크고, 한 달 뒤에 부활하면 페널티가 거의 없죠."

단 하나뿐인 생명을 소중히 여겨야 하는 인간들의 입장에서 보면 실로 사기적인 일이 아닐 수 없었다.

10장
로도스 교역장 II

서의지가 엘프 세계의 놀라움에 감탄하는 동안 근처 해바라기 꼭대기에 올라가서 망을 보던 권산이 내려왔다.

"다프네, 수십 년간 인간과 엘프족이 전쟁 중인 것으로 아는데 우리를 별로 적대하지 않는 이유가 있소?"

다프네는 빙긋 웃었다.

"우리는 우드 엘프예요. 미미르의 룰을 준수하죠. 미미르가 전쟁 퀘스트를 부여하지도 않았는데 인간을 죽여봤자 경험치도 주지 않는 걸요."

권산은 이들의 사고방식이 머리로는 이해할 수 있으나 가슴으로는 받아들이기 어려웠다. 인간에게 전쟁이란 생사결전의 장이었지만 엘프들에게는 전쟁도 하나의 유희에 불과한 듯했다.

"블러드 엘프들은 어떻소? 듣기로 여전히 국경 지대에선 그들과 충돌이 빈번하다고 알고 있소만."

"그들은 우리 사회의 어둠이에요. 초고도로 문명화된 알프하임 사회에 부적응하고 미미르의 세계에 심취해 피와 살육에 맛을 들인 이단아들이죠. 같은 플레이어를 PK하거나 미미르가 가상의 정신을 부여한 NPC를 죽이기까지 하는 걸요."

권산은 조금 심각한 표정을 짓더니 손짓으로 동료들을 불러 모았다.

"그런데 아무래도 그 블러드 엘프 다수가 접근하는 듯싶소. 호의일 리는 없을 테고……."

"설마요. 지금 대부분의 블러드 엘프가 파르티아 국경 지대로 가서 전쟁 중인 것으로 아는데요."

"그렇지 않은 자들도 있는 모양이오."

권산은 피할 수 없는 전투를 예감했다. 일단 해바라기 숲으로 완전히 들어서지 않은 것은 잘한 일이었다. 꽃술이 큰 꽃답게 이 숲은 유난히도 달빛이 들지 않아 어두웠다.

"적들의 움직임을 보건대 우리의 위치를 특정하고 오는 것 같지가 않아. 해바라기 꽃잎을 쌓아 은폐하고 접근하는 적에 한해서만 급습해."

권산이 짐을 풀어 검을 챙기고 나가자 제인이 바로 물었다.

"혼자 치게?"

"내가 먼저 주의를 끌게. 적의 수준을 모르니 그게 안전해. 의지와 민주는 통신을 보낼 테니 집중해 줘."

아르네와 다프네도 활을 꺼내며 전투에 준비했다. 블러드 엘프들은 온갖 흉악한 일을 벌이며 레벨을 올리기 때문에 어지간하면 고렙이었다. 레벨 60의 중급 플레이어인 그녀 둘이 상대하기에는 쉽지 않아 보였다.

"언니, 퀘스트가 은근 어려워지는데?"

"흠, 그러네. 소수의 블러드 엘프일 수도 있으니까 한번 부딪쳐 보자. 혹시 다시 태어나면 생령의 샘으로 오고."

곱고 예쁜 얼굴로 무책임한 말을 내뱉는 엘프 자매를 보니 백민주의 속이 뒤틀렸다. 이들은 죽고 부활하면 땡이지만, 눈먼 칼에 당하기라도 하는 날엔 자신이고 서의지고, 제인이고 다 끝장이었다.

'역시 외모로만 볼 게 아니네. 엄청 재수 없어.'

권산은 거대 해바라기 머리를 밟고 신법을 전개했다. 그의 기감에 느껴지는 블러드 엘프의 수는 도합 열 명이었다. 일단 이들을 속히 처리하고 숲을 더 넓게 탐색할 작정이다.

검은 뽑지 않았다.

검기가 만들어내는 마나의 파동이라면 마나에 민감한 마법사들이 권산의 위치를 잡아낼 수 있을 듯해서였다.

'근접 계열이 다섯, 원거리가 셋, 마법사가 둘.'

가장 귀찮은 건 역시 마법사였다. 전사나 어쌔신, 격투가로 보이는 엘프들은 서로 간격을 벌리며 접근했지만, 마법사 둘은 서로 뭉쳐 있었다. 권산의 기척을 적들이 알아채지 못한 이상 마법사 둘의 운명은 결정 난 것이나 진배없었다.

한 걸음에 대지로 떨어져 내리며 권산은 수도로 마법사 엘프의 목덜미를 후려쳤다. 기공을 8할 이상 끌어 올린 둔중한 일격이 척추골을 타고 복부에서 터져 나갔다. 피와 내장이 비산하며 엘프는 채 비명도 지르지 못하고 절명했다.

몸을 반전하며 다른 마법사도 처리하려는데 엘프가 그 짧은 찰나에 방어 마법의 시동어를 외웠다.

"에너지 실드."

푸른 에너지 실드가 솟구치며 법사의 사방을 에워쌌으나 권산은 당황하지 않았다. 진각을 밟아 탄력을 일으키고 그 외력에 더해 황금빛 기공에 둘러싸인 철산고가 실드에 작렬하자 유리창이 깨져 나가는 듯한 폭음이 터졌다.

콰앙! 째쟁!

엘프 법사는 더 이상 아무것도 하지 못했다. 많은 전투를 겪으며 경험을 쌓은 고렙 법사였으나 이런 식으로 마법을 무효화당한 적은 한 번도 없었다.

퍼엉!

권산은 실드를 깨부순 오른 어깨를 뒤로 빼며 왼손 붕권으로 엘프의 명치를 강타했다. 놀랍게도 엘프는 한 방에 죽지 않았다. 천 로브를 입었을 뿐인데도 상상 외의 방어력이 느껴졌다. 권산은 몰랐지만 유니크 로브인 '실크 오브 아라크네'가 가진 위력이었다.

용살권법을 연거푸 전개해 몇 방을 더 먹이자 마법사는 더 버티지 못하고 머리가 터져 나가며 절명했다. 아이템의 방어력을 넘어서는 대미지에 모든 HP가 소진된 것이다.

툭!

마법사들의 시신은 마성 에너지를 뿜으며 입자 단위로 스르르 소멸했고, 그 자리에는 로브 하나가 놓여 있었다. 두 번째로 죽인 법사의 로브는 호화로운 장식과 질감이 보통 물건은 아닌 듯 보여 권산은 일단 챙기고 나머지 엘프들을 습격했다.

"컥!"

"크악!"

두꺼운 판금 갑옷을 입은 엘프 전사가 철퇴를 휘두르며 나름 저항했지만 권산의 연격을 제대로 방어하지 못했다. 열 명의 엘프를 모두 처리하고 주변을 정찰하자 더는 없는 듯했다.

"서의지, 응답 바람. 현재 상황은?"

―평온해요. 방어선 안쪽에 은폐하고 있는데 적과의 접촉은 없습니다.

"내가 처리한 열 명이 전부군. 복귀한다."

권산은 블러드 엘프들이 죽고 소멸하면서 남긴 아이템을 몇 점 들고서 야영지로 돌아갔다. 엘프 자매는 권산이 부상 하나 없이 멀쩡하게 돌아오자 크게 놀라는 눈치였다.

"블러드 엘프를 모두 죽였다구요? 그리 호락호락한 자들이 아닌데 대단하시군요. 그런데 손에 그건 뭐죠?"

아르네가 권산이 가져온 아이템을 가리키자 권산이 별것 아니라는 듯이 땅에 던졌다.

"놈들이 소멸하자 땅에 떨어진 것들이오."

철퇴와 소검, 망토와 로브였다. 아르네와 다프네는 그중에 로브에 크게 관심을 보였다.

"맙소사, 실크 오브 아라크네잖아. 이건 블러드 엘프 서열 3위인 루키우스가 입는다는 유니크 템인데."

"맞아, 언니. 틀림없는 것 같은데. 디텍트 아이템."

아이템의 상부에 녹색의 홀로그램 사각 창이 떴다. 아이템의 제원을 보여주는 마법창이었다.

[실크 오브 아라크네(Silk of Arachne)]

종류: 로브

등급: 유니크

내구도: 50/100

레벨 제한: 100

물리 방어력: +800

마법 방어력: +1,200

속성 저항: All +20

지능: +30

고유 특성: 50%의 확률로 피해 추가 감소 70%

마지막에 보이는 고유 특성에 저런 무지막지한 효과가 있기 때문에 권산의 가공할 일격을 버틴 모양이다.

"인간이 입어도 같은 효과를 볼 수 있소?"

"아니요. 이건 엘프 고유의 아이템이에요. 미미르가 만들었죠. 인간에게는 그저 평범한 로브에 지나지 않아요. 그런 의미로 이건 우리에게 파는 게 어때요?"

엘프 자매의 눈이 탐욕으로 이글거리는 것을 보니 실로 대단한 아이템인 모양이다. 권산은 일단 고개를 저었다. 당장 매도해야 할 이유가 없었다.

"나중에 생각해 보겠소. 나머지 아이템은 어떻소?"

"레어급은 하나도 없군요. 이런 잡템들은 그냥 엘릭서로 변환시키는 게 나아요."

아르네가 시동어를 외치자 잡템들이 빛을 내며 축소되더니 고형화된 엘릭서 수정이 되었다. 권산은 아르네가 건넨 엘릭서 석을 받았다.

'이런 방법이 다 있군.'

시동어를 이데아에 입력시켰으니 다음부터는 직접 해볼 수 있을 듯했다.

"헉헉! 이런 빌어먹을. 인간 따위에게 이렇게 쉽게 죽다니."

블러드 엘프의 숨겨진 마을에서 부활의 잎을 찢고 걸어 나온 엘프는 분이 안 풀리는지 한참을 씩씩거렸다. 블러드 엘프 서열 3위, 레벨 120의 자신이 변변히 반격도 못 해보고 몸이 터져 죽었다. 그만큼 상대는 빠르고 강력했다.

3레벨 다운의 패널티를 안고도 즉각 부활 한 것은 바로 자신이 떨군·아이템을 되찾기 위해서였다.

"실크 오브 아라크네를 떨궜어. 놈이 사라지기 전에 빨리 추적해야 한다."

루키우스는 자신과 함께 습격에 참여한 엘프들에게 메시지를 보냈지만 수신하는 이가 없었다. 그들은 레벨 다운의 패널티를 어느 정도 줄이고·며칠 뒤에 접속할 모양이다.

"빌어먹을, 좀생이들 같으니. 어차피 실력도 없는 하수들이었어. 별수 없군. 술라에게 도움을 청해야겠어. 그녀의 암살대라면 확실히 놈을 처리할 수 있겠지."

평소 견원지간으로 지내는 서열 2위의 암살자 술라에게 손을 벌리는 게 치욕스러웠지만 무리 없이 솔플 위주로 활동하던 자신이 혼자 그 인간을 죽일 수 있다는 보장이 없었다.

마법창을 열어 술라에게 메시지를 보내자 곧이어 답장이 왔다.

[고고하신 루키우스께서 웬일이실까?]

[술라, 도움이 필요하다. 강력한 인간족이 엘프의 땅에 들어왔어. 제거하는 데 힘을 보태줘.]

[인간 하나 처리 못 하고 내게 연락하다니 서열 유지 힘들겠는데, 루키우스? 이렇게 다급한 거 보니 놈에게 당해서 아이템이라도 떨궜지?]

[제길, 눈치가 100단이군. 도와줄 거야, 말 거야?]

[음, 마침 우리 암살단에 비슷한 의뢰가 하나 들어온 게 있는데 같은 인물인지 모르겠군. 한번 행색을 불러줘.]

루키우스가 권산의 모습을 묘사하자 술라로부터 다시 메시지가 도착했다.

[일치하는 것 같군. 그자의 이름은 권산 노스랜더야. 젤란드의 공작이지. 그랜드마스터라고 알려져 있다. 네가 당하는 것도 무리는 아니지. 어떤 인간이 우리 암살단의 비밀 채널을 통해 의뢰를 넣었는데 암살의 대가로 '에일리드의 활'을 주겠다고 하더군. 30년 전 전쟁 중에 사라진 유니크 아이템 말이야. 솔직히 건방진 것 같기도 하고 믿지도 못하겠어서 의뢰를 거절하려고 했는데, 뭐, 네가 도움을 요청하기도 했으니 겸사겸사 해보지.]

[뭔가 기분이 안 좋은데.]

[기분 탓이겠지. 그럼 암살단을 이끌고 간다. 파르티아 접경에서 비공정을 타고 갈 테니 이틀 정도 걸릴 거야.]

[알았다. 놈을 감시하고 있겠다.]

11장
로도스 교역장III

"저 하이락 산 너머에 마인호프로 들어가는 입구가 있어요. 거암 괴석이 즐비한 험산이라 보통은 저 산을 우회하는 게 정석이에요. 그런데 우리가 지름길을 알죠."

아르네의 설명에 권산은 하이락 산을 올려다보았다. 언뜻 보아도 해발 2,000m는 되어 보이는 고산준령이다. 록스타가 그려준 지도를 보면 마인호프 바로 옆에 거대한 산이 보이는데 바로 이 하이락 산인 모양이다. 길잡이를 구하지 않고 지도에만 의존했다면 이 산을 넘거나 우회하는 데 어지간히 고생했을 듯했다.

"가요."

산에는 설치류 계열의 몬스터가 많았는데 그 수가 많아 모두가 적극적으로 전투에 참여해야 했다.

"하앗! 트리플 샷!"

다프네가 동시에 세 발의 화살을 쏘아대자 뭉쳐 있던 레트라가 100마리도 넘게 튕겨져 나갔다. 지금껏 상대한 레트라만 해도 2천 마리가 넘어가고 있었다. 원형으로 방진을 짠 채 한 시간도 넘게 레트라를 죽이다 보니 아주 사냥에 이골이 날 지경이었다.

"언니, 하이락 산에 레트라가 이리 많았나요?"

"많기는 했지. 그런데 레트라는 선공 몹이 아니야. 우리가 먼저 친 것도 아닌데 이렇게 달려드는 게 정말 이상하네."

천 마리 정도 더 처리하자 레트라 무리가 마침내 정리되었다. 그러자 아르네와 다프네의 몸에서 빛이 뿜어져 나오며 하늘로 솟구쳤다.

"아싸! 레벨 업이다!"

"수고했어, 다프네."

파티는 하이락 산 중턱쯤에 위치한 거대한 동굴 앞 공터에서 하루 야영을 했다. 동굴이 깊은지 동굴에서 뿜어져 나오는 냉기가 제법 스산했다.

"원래 락웜이 서식하던 동굴인데 얼마 전 퀘스트 이벤트로 사냥당하고 아직 리젠되지 않았을 거예요. 락웜은 레벨 100의 상급 몬스터라 원래는 피하는 게 상책이죠. 하지만 락웜이 산을 관통해서 동굴을 뚫어놓는 바람에 여길 이용하면 시간을 많이 줄일 수 있게 됐죠."

서의지가 아르네에게 물었다.

"상당히 귀한 정보 같은데 아르네 씨께서는 어떻게 알게 되셨나요?"

"음, 락웜 토벌 퀘스트에 우리 자매가 참여했거든요. 그래서 락웜 동굴의 양쪽 끝이 모두 산의 양 방향으로 뚫려 있다는 것을 알게 된 거죠."

다음 날 일행이 동굴에 진입할 준비를 하자 멀리서 인비저블 마법으로 몸을 숨긴 채 지켜보던 루키우스는 애가 탔다. 레트라 무리에게 흉포함의 주문을 걸어 놈들의 발길을 지연시키는 데는 성공했지만 그 시간이 너무 짧았다. 놈들이 동굴에 진입하면 비공정을 이용한 폭격이나 암살단의 포위 공격은 물 건너간다고 봐야 했다.

"술라 이년은 왜 안 오는 거야?"

루키우스는 맥없이 동쪽 하늘을 바라보았다. 그때 동쪽 지평선 너머로 검은 점 하나가 솟구치더니 빠른 속도로 확대되었다.

"오오, 온다. 매의 암살단 비공정이로군."

비공정을 본 것은 그 혼자만이 아니었다. 서의지는 습관적으로 주변을 두리번거리다가 동쪽 하늘의 상공에서 접근하는 기괴한 물체를 발견했다.

"미식별 비행체가 접근합니다."

권산도 바라보자 과연 뭔가 검은 점이 날아오는 게 보였다. 아르네 자매도 눈을 찌푸리고 안간힘을 다해 바라보았지만 거리가 멀어 제대로 보이지 않았다.

"의지, 묘사해 보겠어? 어떤 형태지?"

"음, 믿기 힘드시겠지만… 마치 범선처럼 생겼습니다. 열기구로 보이는 부유물이 사방에 하나씩 달려 있고 갑판에는 30명의 정도의 엘프가 보이는군요."

다프네가 급박한 목소리로 물었다.

"저건 비공정이라고 해요. 마스트에 깃발이 있을 거예요. 어떤 문양이죠?"

"핏빛 매의 문양이네요."

아르네와 다프네가 크게 당황해서 주춤거렸다.

백민주가 둘을 부축하며 의아한 표정으로 물었다.

"핏빛인 걸 보니 또 블러드 엘프인가요?"

"맞아요. 서열 2위인 술라가 이끄는 매의 암살단이라는 끔찍한 자들이에요. PK를 하더라도 그냥 죽이는 법이 없죠. 로그아웃도 못 하게 마법을 걸고 고문을 해서 죽이는 것으로 악

명이 높아요. 저자들에게 걸린 뒤로 미미르에 두 번 다시 접속하지 않는 엘프도 부지기수죠. 아무래도 얼마 전 우릴 습격한 자들이 원군을 부른 모양이에요."

권산은 비공정이라는 물건을 가까이에서 보고 싶다는 생각을 했으나 파티의 안전이 우선이므로 놈들이 더 접근하기 전에 동굴로 들어가려 했다. 어차피 산의 반대편에 출구가 있고, 출구에서 마인호프까지 그다지 멀지 않다면 굳이 싸울 이유가 없었다.

'헛! 마나 유동.'

권산이 막 입을 떼려는 찰나 수백 미터 밖에서 급격한 마나유동이 발생하더니 하늘에서 칼날 같은 얼음이 미친 듯이 쏟아져 내리기 시작했다.

"블리자드예요, 언니."

"다프네, 피해."

"모두 내 뒤로 모여."

권산은 검을 뽑아 넓은 범위로 검막을 전개했다. 한 차례 폭풍이 끝나자 검막의 보호를 받은 파티는 무사할 수 있었지만 말들이 모두 얼음 칼날을 맞아 죽어 있었다.

다행히 미리 소환을 해제한 유니콘과 판금으로 된 팬텀 아머는 무사할 수 있었다. 마법사의 노림수는 하나가 아니었다. 블리자드로 쏟아져 내린 얼음이 동굴의 입구 전체를 꽁꽁 얼려서 틀어막은 것이다. 노골적으로 일행이 동굴로 들어가는 것을 방해하는 모양새였다.

"의지, 마법사를 찾아 저격해. 민주는 모두에게 버프를 걸고, 제인은 동굴 벽을 뚫어줘."

서의지가 권산이 가리킨 방향으로 안력을 집중해 마법사의 흔적을 찾았지만 인비저블 마법으로 숨어 있는 루키우스를 찾을 수 없었다.

"갈기면 맞겠지, 뭐."

포톤캐논 마법으로 숨기 적당할 만한 포인트로 마구 쏴대자 루키우스의 몸에 한 발이 적중하며 인비저블 마법이 깨졌다. 루키우스는 몸에 에너지 실드를 걸고 다시 한번 블리자드 마법을 구사했다.

천재지변 수준으로 몰아치는 얼음 칼날에 권산은 다시 한번 검막을 전개해 일행을 보호했다. 그러면서 이데아를 통해 민지혜에게 위성 전화를 걸었다.

"긴급 상황이야. 요격해야 할 비행체가 있어. 가능한 수단이 있어?"

─갑작스럽네요. 레일건 포대는 아직 기반을 닦는 단계이고, 일전에 로켓 배송용으로 쓴 지대지 순항미사일이 한 발 있어요. 그런데 공격용으로 구매한 게 아니라서 탄두가 비어 있는데 괜찮겠어요?

"탄투에 폭약이 없어도 물리적 충격이 상당할 테니 효과가 있을 거야."

—좌표는요?

"지금 보낼게. 일단 내 위치로 발사해. 근거리에서는 내가 이데아를 통해 직접 유도할게.

—오케이. 30초 내로 발사합니다.

권산이 화성 좌표를 보내고 민지혜가 화성 숙영지의 포대에서 미사일을 발사하자 미사일 도착 시간과 속도가 이데아 한쪽 화면에 표시되었다.

"마하 7, 4분 뒤 도착이라… 아슬아슬한데."

술라는 비공정의 후미에서 마법투시경을 통해 락웜 동굴 앞에서 펼쳐진 전투를 지켜보았다.

루키우스가 적들의 발을 묶기 위해 영리하게도 빙계 마법을 남발하고 있었다. 한번 잡은 선수를 놓치지 않기 위해 무지막지하게 마법을 쏟아내는 것이다. 마나 포션을 물 마시듯 들이켜고 있을 게 뻔했다.

권산은 검으로 에너지 실드 비슷한 막을 만들어내며 일행 주변을 방어하고 있었다. 이 정도로 놈들의 발을 묶어준다면 비공정을 충분히 접근시켜 폭격을 선사할 수 있을 듯했다.

비공정의 썬더버드 선수상에는 반경 20미터의 공간을 벼락 지옥으로 만들 수 있는 썬더스톰 마법이 새겨져 있었고, 비공정 하면에 위치한 6문의 대구경 카네로이드 캐논으로는 십자 포화를 가해 지면을 쑥대밭으로 만들 수 있었다.

"그랜드마스터라도 살아남기 힘들겠지. 혹시 살아남는다 해도 우리의 암살 검을 막을 수는 없을 터."

술라의 입가에 비릿한 미소가 걸렸다. 과연 명성에 걸맞은 악녀다운 표정이었다.

제인이 빙벽을 계속해서 깨부쉈지만 얼음은 계속 쏟아졌고, 지면까지 얼어붙자 허물어지는 얼음이 다시 얼어붙기를 반복했다. 일격에 빙벽을 파쇄할 만한 기술을 쓰지 않으면 쉽사리 통로를 확보하지 못할 듯했다.

"하압! 베큠 웨이브!"

일순간 진공의 칼날이 빙벽의 틈새를 갈랐으나 그 틈 역시 빠르게 얼어붙어 이어졌다.

"제길. 어렵겠어."

권산은 상황이 교착상태에 이르자 초 계산에 들어갔다. 비공정을 미사일로 타격하고, 마법사를 잡고, 빙벽을 깨고 동굴로 들어가는 일련의 행동을 하기에 시간이 부족하게 느껴졌다.

"작전 변경 한다. 제인이 마법사를 잡고 의지는 마법사 인근의 비산물을 저격해서 시야를 방해해. 엘프 자매는 제인을 엄호해 주시오."

제인은 백민주의 버프를 받으며 마법사가 있는 방향으로 무섭게 질주했다. 엘프 자매는 잠시 망설였으나 이내 제인의 뒤를 빠르게 따라붙었다. 백민주의 버프가 그녀들에게도 통하는지 몹시 날렵하고 빠른 움직임이었다.

"익스플로젼 애로우를 쏴."

아르네와 다프네는 한 번씩 멈춰서 마법사 방향으로 화살을 한 대씩 날렸는데 화살은 마법사의 에너지 실드에 정통으로 부딪치지 않아도 어딘가 닿기만 하면 자폭하며 먼지를 비산시켰다.

권산은 비공정 쪽으로 몸을 날렸다. 비공정이 동굴 앞까지 도달하는 것을 지연시킬 생각이다.

"이데아, 비공정에 대한 정보가 있어?"

―아니요. 제게 입력된 어떤 문헌에도 엘프 비공정에 대한 정보가 없어요. 근래에 제작되어 인간들에게 목격된 적이 없거나 엘프족의 기밀 사항이라 추정되네요.

"그럼 비공정의 약점을 찾아낼 수 있어?"

―외형은 갤리온과 비슷하지만 대기 중 부유하는 것으로 봐선 지구의 경식 비행선의 구조를 참고해 봐야 할 것 같아요. 저 비공정의 사방에는 기체가 들어 있는 듯한 튜브가 있

는데 튜브와 선체에 연결된 와이어의 굵기로 봐서 튜브는 일종의 무게 추에 불과해요. 하늘 방향으로 작용하니까 부유추 정도로 불러야겠네요. 그럼 비공정을 띄우는 핵심적인 힘은 아마도 선체의 무게중심 점에서 중력의 역방향으로 작용하는 미지의 힘이 되겠죠. 그 힘의 코어만 타격할 수 있으면 비공정은 지면으로 추락할 게 분명해요. 하지만 저만한 물건을 만들면서 엘프들이 방어 시스템 하나 설계하지 않았을 것 같지는 않네요.

"그렇겠지. 추정되는 코어 위치를 렌즈에 띄우고 마시일 좌표로 설정해 줘."

권산은 3차원으로 도면화 된 비공정의 코어에 집중했다. 미사일이 도달하려면 1분이 더 필요했다. 권산이 비공정 전방 100미터 주변에 접근하자 6문의 캐논이 포구를 돌리며 권산에게 마나탄을 쏘아대기 시작했다.

콰콰콰쾅!

높이 100미터 위에서 쏘아대는 대구경 마나탄은 지면과 만나 구덩이를 마구 파이게 할 정도로 위력적이었지만 연사 능력은 떨어지는지 권산의 신법을 쫓아오지는 못했다.

권산은 틈을 엿보다 투창 하나를 어깨에서 풀어 온몸의 기공을 바짝 끌어 올렸다.

"천운뇌격창(天雲雷擊槍)!"

권산의 전신에서 뇌전과 같이 맹렬한 스파크가 일더니 투창으로 모여들었다. 투창은 이내 강기와 뇌전에 둘러싸여 환하게 빛을 내었는데, 마치 권산이 번개를 틀어쥔 형상처럼 보였다.

 "하압!"

 권산이 창을 던지자 창은 빛살 같은 속도로 수직으로 솟구쳐 비공정의 코어를 노렸다. 90미터쯤 도달했을까. 푸른 섬광과 함께 투창은 비공정을 둘러싼 어떤 막에 걸려 맹렬하게 타오르더니 '쾅' 하는 폭발음과 함께 소멸했다. 그러면서 비공정을 둘러싼 보이지 않은 막이 물방울이 곡선을 타고 흘러내리듯 스르르 벗겨져 나갔다.

 "역시 보호막이 있었군."

 "뭐야! 배리어가 터졌어? 말도 안 돼! 7서클 마법도 버티는 배리어가 어떻게 일격에 터져?"

 슐라는 고래고래 고함치며 마법투시경에 보이는 권산을 가리켰다. 그가 창을 던져 비공정의 보호막을 깨뜨린 것은 엄연한 사실이었다. 복구되려면 수 분이 필요했다. 위기감을 느낀 슐라가 부하들을 다그쳤다.

 "썬더스톰을 날려! 일단 시간을 벌란 말이야!"

 선수상의 썬더버드가 푸르게 충전되더니 권산을 향해 뇌격을 떨어뜨렸다. 그 속도가 마나탄에 비할 바가 아니라서 권산은 벽력탄강기를 끌어 올리며 몸을 보호했다. 직격만은 피했으나 간접적으로 땅으로부터 전격이 올라오자 다리가 타들어갈 듯 저려왔다.

"이데아, 몇 초 남았지?"

—10초 남았어요. 이제 보이기 시작할 거예요.

천공을 관통하며 매섭게 하강하는 회색 물체가 보였다. 로켓 구름이 매섭게 따라붙고 있었고, 음속의 7배의 속도로 날아오다 보니 소리는 전혀 들리지 않았다.

쿠콰콰쾅!

마사일은 비공정의 좌측면을 파고들더니 정확하게 부유석이 있는 코어를 박살 내고 우측면으로 빠져나갔다. 비공정에 탄 매의 암살단은 그 충격에 제대로 몸을 건사하는 이가 하나도 없었다.

"으아악! 추락한다!"

"비공정이 기운다!"

암살단의 비명은 뒤늦게 따라온 미사일의 소닉붐에 묻혀 하나도 들리지 않았다.

쿠오오오!

고막이 디긴 것인지 술라익 귀에는 아무런 소리도 들리지 않았다. 그저 본능적으로 조종간을 붙잡고 겨우 정신을 수습했다. 뭔가 엄청난 속도로 날아와서 비공정의 부유 코어를 박살 냈다. 그 정체가 뭔지도 모르겠다. 하지만 저 권산이라는 인간과 관련이 있는 것은 분명했다.

"이놈, 권산! 내가 네놈을 갈기갈기 찢어 죽이리라!"

비공정은 100미터 아래 지면으로 추락해서 그야말로 산산조각이 났고, 단 한 명의 블러드 엘프도 살아남지 못했다. 권산은 빠르게 장내를 벗어나 동굴 앞으로 복귀했다. 루키우스는 비공정이 요격당하자 즉시 텔레포트를 사용해 도망쳤고, 제인은 그의 팔 한쪽을 잘라내는 데 만족해야 했다.

아르네는 놀랍다는 눈으로 권산을 바라보았다.

"권산 당신, 정말 대단하군요. 그 엄청난 화살은 뭐였죠? 인간에게 벌써 그런 수준의 무기가 있던가요?"

"미사일이라 하오. 알프하임의 엘프 문명이라면 이 정도의 무기는 그리 특별한 것이 아닐 것 같소만?"

아르네가 고개를 끄덕였다.

"물론이죠. 알프하임 대원로원의 재가만 있자면 우주병기도 만들 수 있으니까요. 하지만 스바탈하임에서는 미미르가 허용하는 힘의 한계가 있어요. 저 미사일은 최소한 그 한계를 넘어선 것 같네요."

"자, 대화는 여기까지 하고 락웜의 동굴로 들어갑시다."

"잠깐만요."

다프네가 동굴로 걸어 들어가려는 권산을 제지했다. 권산이 의아하게 쳐다보자 추락한 비공정의 잔해를 가리켰다.

"챙길 건 챙겨야죠. 블러드 엘프가 떨군 아이템도 많을 테고, 비공정의 엘릭서만 해도 그 양이 엄청나요."

다프네의 눈이 이글이글거렸다. 권산은 몰랐지만 비공정은 엄청난 값어치의 물건이었다. 그 잔해만 엘릭서로 녹여서 회수해도 엘프 사회의 신흥 부자로 등극하는 것이다. 권산도 차마 그 눈을 피하지 못했다.

"좋소, 갑시다. 1할 정도 배분해 드리겠소."

12장
마인호프 I

　엘프 자매의 말처럼 동굴 내부의 몬스터는 아직 리젠 전이었기 때문에 그리 힘들이지 않고 산을 관통했다.

　반나절 동안 하산하자 순백의 대리석 절벽 면에 빼어난 장인의 실력으로 조각된 거대한 문이 나타났다. 돌과 금속. 드워프를 상징하는 두 가지 재료로 만들어진 장대한 크기의 문이었다.

　그 문 옆에는 두 명의 드워프와 열 마리의 아이언골렘이 입구를 지키는 듯 병풍처럼 서 있었다.

　"거기 서라. 여기는 철의 심장 마인호프다. 인간이 이곳까지

온 것은 갸륵하다만 허락받지 않은 자는 들어갈 수 없다."

불뚝거리는 팔뚝 근육을 자랑하는 검은 수염의 드워프였다.

키만 한 도끼 창을 소지했는데 흘러나오는 마력의 느낌이 강렬한 게 최소한 유니크 수준의 물건이 분명했다.

"록스타 영감의 소개로 왔소. 이 소개장을 보롬에게 전해주시오."

"마인호프의 지도자를 찾아오는 인간이 있다니 의외로군."

드워프는 원통 형태의 캡슐에 소개장을 넣고 문 옆에 내려와 있는 배관 뚜껑을 열어 캡슐을 놓았다. '후욱' 하는 흡입음과 함께 캡슐이 배관 속으로 빨려들어 갔다.

'진공을 이용한 물류 이송 시스템이군.'

조금 더 기다리자 다른 드워프 한 명이 입구에서 나타났다. 작은 키에 뚱뚱한 몸은 마찬가지였으나 한눈에 여성 드워프라는 것을 알 수 있었다.

"모두 들어오시라는 전언이에요. 제가 모시죠. 저는 아만다랍니다."

"권산이오."

"제인이에요."

일행은 모두는 간난히 인사를 하고 그녀의 안내를 따라 문을 통과하려 했다. 그러다 권산은 문득 뒤돌며 아르네에게 물었다.

"마인호프에 도착했으니 퀘스트는 끝나지 않았소?"

"네. 문지기 드워프에게 말을 걸자마자 끝이 났네요."

"그럼 이제 헤어져도 될 듯하오만?"

"음, 그냥 좀 따라다니면 안 될까요?"

이 엘프 자매는 권산이 대박을 몰고 오는 사나이라는 확신이 있었다.

혼자서 블러드 엘프 추적자들을 쓸어버리고, 실크 오브 아라크네를 얻었으며, 매의 암살단의 썬더 비공정을 한 방에 추락시켰다.

그로 인해 그녀들에게 떨어진 콩고물도 상당했다. 이렇게 헤어지긴 아쉬웠다.

권산은 앞으로 엘프의 지도자를 만나기 전까지 그녀들의 도움이 필요할지 몰랐기에 흔쾌히 승낙했다.

"대신 그대들이 원해서 남는 것이기에 내게도 보상을 해주어야겠소. 퀘스트라고 받아들이시면 될 듯한데."

"음, 역시 보통내기는 아니군요."

"엘프의 땅에서는 엘프의 법에 따르는 법."

"어떤 보상을 원하시나요?"

"엘프 사회에 대한 정보."

"미미르의 보안 룰을 어기는 수준만 아니면 가능해요."

"그럼 거래 성립. 갑시다."

마인호프는 돌산 내부를 완전히 개조했는지 거대한 로마네스크풍 기둥과 아치가 인상적인 모습이었다.

허공에 빛을 내는 광석이 검고 어두운 바닥을 비추고 있었다.

"인상적이네요, 권산 오빠. 화려하진 않지만 균형미와 기능성의 미가 있어요. 유럽의 대성당 같다고나 할까요?"

"그래. 유럽이라곤 뉘른베르크밖에 본 적이 없지만 확실히 비슷한 느낌이 드는구나."

엄청난 열기와 함께 차례로 철물을 쏟아내는 거대 용광로 지대를 지나 수백 개의 수정이 가득 찬 밝은 공간에 들어섰다.

각각의 수정에는 마인호프 이곳저곳의 전경이 비추어져 있었고, 보라색 수염의 늙은 드워프 한 명이 수정에 손을 얹고 여기저기 말을 건네고 있었다. 신기한 것은 수정 속에 나타난 인물이 허공을 보며 알아들었다는 듯이 손을 흔드는 점이었다.

'영상과 음성의 단방향 통신 장치로군.'

"보름 님, 손님들을 모셔왔습니다."

보름은 수정에서 손을 떼고 수정의 방에 들어선 일행을 유심히 살펴보았다. 그러더니 권산을 지그시 응시하며 물었다.

"자네가 록스타가 소개장에 적은 그랜드마스터로군."

"권산이라 합니다."

"나와 록스타는 코흘리개 시절부터 친우였기 때문에 녀석의 성격을 누구보다 내가 잘 알지. 마음을 쉽게 여는 친구가 아닌데 자네한테는 예외였던 모양이야. 어지간히 마음에 들지 않고서는 이런 소개장을 써줄 리 없지. 아무리 신물질의 공급자라고 해도 말이야."

권산은 무표정한 자세로 되물었다.

"저는 열어보지 않아서 내용은 모릅니다만."

"흠, 가능한 모든 일에 협조해 달라고 써놨어. 엘프의 지도자를 만나 협상을 할 계획이라는 것도."

"그렇습니다."

보롬은 쓴웃음을 지으며 보라색 수염을 긁적였다.

"그렇다면 엘루시아로 가야 하는데… 배타적인 엘프들 성향상 인간이 그곳에 오는 것을 허락할 리가 없네. 아무리 내가 보증한다 해도 말이야. 적당히 다른 곳에서 자리를 만들어 보는 수밖에 없겠어. 단시간에 해결되지 않는 일이니 잠시 마인호프에 머물게. 구경을 하겠다면 저기 아만다에게 부탁하면 될 걸세."

아만다는 일행에게 쉴 수 있는 방을 지정해 주었다. 다른 일행이 마인호프를 구경하겠다고 아만다를 따라가자 권산은 엘프 자매가 있는 방으로 건너갔다.

서의지나 백민주의 렌즈 화면에 속속 영상이 수집되고 있을 것이기 때문에 자신이 굳이 따라갈 필요가 없었고, 그보다 엘프 지도층과의 협상이 근시일 내에 벌어질 수 있기 때문에 이에 따른 준비가 필요했다.

"어서 오세요."

권산과 엘프 자매는 탁자에 둘러앉았다.

"엘프 사회에 대한 정보를 좀 묻고자 왔소."

"이렇게 빨리 물으실 줄 몰랐지만 약속한 사항이니 시작하세요."

"엘프 사회에도 계급이 있소?"

"그럼요. 평민과 귀족이 있죠. 그중 귀족 엘프를 따로 하이 엘프라고 불러요."

"그럼 최고 지도자는 뭐라고 부르오?"

"집정관이라고 하죠. 당연히 하이엘프 중에서 선출되게 되어 있죠. 당대에는 아토스라는 분이 역임하고 있는데 워낙 능력이 출중해서 알프하임을 100년째 다스리고 있죠."

"이곳 화성의 아케론도 아토스 집정관의 치세를 받소?"

"음, 그건 아니에요. 여긴 특별해요. 아리아 총독이 아케론에서 미미르 시스템 전반을 운영하고 있죠. 그녀는 역대로 통치자 계급을 가장 많이 배출한 아라 부족의 부족장이기도 하죠. 보통 알프하임 세계수의 뿌리가 닿지 않는 머나먼 땅들을 다스리는 통치자를 총독이라고 불러요. 원래대로라면 총독이 이곳 지도자의 직급이긴 한데 아케론은 알프하임 최초의 외계 식민령이기도 하고 미미르가 창조한 아바타들이 사는 특별한 공간이기 때문에 그냥 짧게 운영자라고 부르죠."

"아리아 운영자라⋯⋯. 그녀 혼자서 모든 사항을 결정하지는 않을 것 같은데 다른 의사 결정 집단이 있소?"

"대의회의 원로원이라는 게 있어요. 대의회는 평민의 대표를 뽑아 선출하고, 원로원은 부족장 출신 하이엘프 중 추대를 받아서 뽑히죠. 실상 엘프의 운명을 결정하는 위대한 결정은 수천 명의 의원으로 구성된 대의회를 과반으로 통과하고 수백 명으로 구성된 원로원의 만장일치 조건을 충족해야 이뤄지게 되어 있어요. 물론 알프하임 이야기구요. 아케론은 간략하게 열 명의 대의회 의원과 세 명의 원로가 운영자의 측근으로서 통치를 행하고 있어요. 작은 공화정 체계라고나 할까요."

"그들 역시 아바타로 이 땅에 와 있는 것이오?"

"물론이에요."

"또 다른 계급은 없소?"

"알프하임에는 더 없어요. 통치를 담당하는 공화정원을 빼면 모두가 평등하죠. 그런데 아케론에 와 있는 엘프 대부분은 평민 출신이기 때문에 이곳에서만 적용되는 특별한 계급이 있어요. 바로 기사단 계급과 기술자 계급이죠. 기사단은 레벨 80 이상의 플레이어가 미미르에게 희망하면 가입하게 되는데 성장에 도움이 되는 여러 혜택이 있지만 전쟁 퀘스트가 벌어지면 모든 활동을 중단하고 무조건 운영자의 명령에 따라 전쟁을 수행해야 하죠. 기술자 계급은 통상적인 사냥 대신 각종 무기나 잡화를 제작하거나 기구물을 만들고 상업을 하면 레벨 업이 되는 특별한 계급이에요. 이건 가입에 레벨 제한은 없지만 아바타 생성 초기에 선택해야만 하죠. 일단 선택이 되면 사냥으로는 경험치가 안 쌓이니 그렇게 인기가 있지는 않아요. 하지만 얼마 전에 보신 비공정과 같은 대단한 물건도 엘프 기술자들이 만든 것이니 명장급에 오른 엘프 기술자들을 무시할 멍청한 엘프는 없죠."

'통치자로는 총독이 있고 정치 집단으로는 대의회와 원로원, 그 외 엘프들은 기본적으로는 평등하지만 기사단원과 기술자가 되면 어느 정도 아케론에서 지위를 행사할 수 있는가 보군.'

권산은 어느 정도 엘프들이 가진 정치 체계를 이해했다. 인간의 역사 속에 등장한 적이 있는 형태이기 때문에 받아들이는 데 어렵지 않았다.

"엘프들은 숭배하는 신이 있소?"

"그럼요. 풍요와 햇빛의 프레이를 섬기죠. 그는 신화시대 적

알프하임의 진정한 주인이에요. 우리 엘프는 프레이 신의 농노로서 시작한 종족이거든요. 얼마 전에 보신 비공정도 프레이 신이 몰고 다녔다고 전승되는 마법의 배 '스키드블라드니르'를 흉내 내서 만들었다고 하죠."

권산도 프레이 신에 대해서는 알고 있었다. 미의 여신으로 유명한 프레이아의 오빠이자 풍요와 햇빛, 비와 번영의 신이다. 북구 신의 서열로 보자면 3위에 랭크된 주요 신 중 하나였다.

'엘프를 농노로 다스렸던 신족이라… 중요한 정보로군.'

"그 비공정이라는 비행체는 하늘을 날고 원거리에서 마법 무기를 발사할 수 있던데, 그런 엄청난 무력이 엘프족에게 있다는 것은 들어본 바가 없소. 단순히 인간에게 알려지지 않았을 뿐이오?"

"그 이야기는 다프네가 하는 게 좋겠네요."

이번에는 다프네가 입을 열었다. 아르네와 다프네는 겉보기에는 비슷했지만 단순히 유희를 위해 화성의 삶을 즐기는 아르네와 달리 다프네는 미미르 시스템에 심취해 있었기에 전반적인 동향에 밝았다.

"비공정은 엘프족 제일의 기술자인 바티우스가 극히 최근에 제작한 병기예요. 아르네 언니의 말처럼 프레이 신의 마법 배에서 영감을 얻어서 만들었다고 해요. 물론 전설처럼 크기를 줄여서 호주머니에 넣거나 할 수는 없지만요. 바티우스는 기술자 직업으로 레벨 200을 달성한 입지전적 엘프예요. '명장 중의 명장' 칭호를 가지고 있죠. 그는 여태껏 다섯 척의 안티고네급 비공정을 만들었는데 그중 한 대가 매의 암살단에 탈취되어 악용되던 것을 이번에 권산 님이 격추시킨 거예요."

권산도 크게 흥미가 동하는 것을 느꼈다. 마법의 힘으로 공기 중에 부유하며 자가 동력으로 온갖 물류를 운반할 수 있는 수단은 권산이 화성에서 목표로 하는 지구인이 앞으로 이주할 영토 곳곳의 보급 문제를 혁신할 수 있는 확실한 대안으로 보였다.

당장 아르고 용병대가 미개척지를 개척할 시 비공정이 한 척이라도 있다면 보급은 물론 안전한 숙영지까지 확보할 수 있는 이점이 생긴다.

'기회가 되면 바티우스와 만나봐야겠군.'

어차피 엘프의 지도자 아리아 총독을 만날 수만 있다면 바티우스와 접선하는 것은 그리 어렵지 않을 듯했다.

권산은 화제를 다시 프레이 신으로 되돌렸다. 지구의 신화와 엘프족에게 전승되는 신족에 대한 기록이 상이할 수 있으니 정보를 더 모아보려는 것이다.

"프레이 신이 신화시대 적 알프하임에 실재했다고 한다면 지금은 없다는 말인데 어디로 사라진 것이오?"

다시 아르네가 권산의 질문을 받았다.

"그 정도는 인간 사이에서도 전승되고 있을 줄 알았는데 아닌가 보네요. 1천 년 전 라그나로크 대전쟁 때 많은 신족이 티탄과의 싸움에서 절멸하고 소수만이 살아남아 그들의 고향으로 돌아갔죠. 생존한 아스신족이야 아스가르드(수성)로 갔지만, 프레이 신은 바나르 신이니 바나하임(해왕성)으로 갔을 테죠. 하지만 신들이 입은 상처는 너무도 중대해 더 이상 우리 세계에 강림하지도, 신관을 통해 목소리를 들려주지도 않아요. 그저 프레이 신이 아직 완전한 죽음에 이르지 않았다는 정도만 대신관의 간접적인 계시로 알 수 있을 뿐이죠."

그때였다.

쿠웅 하는 묵직한 진동음과 함께 마인호프 전체가 떨려왔다.

천장에서 돌조각이 우수수 떨어지며 분진이 튀어 올랐다.

'뭔가 일이 터졌군.'

마인호프는 산을 파고 들어가 지하에 건설된 지하 도시로, 지진이라도 나면 완전히 매몰될 수 있으니 가만히 넋 놓고 있을 때가 아니었다.

"일단 나갑시다."

"그래요. 다프네, 너도 서둘러."

마인호프의 중앙 광장에는 수백 명의 드워프가 몰려와 웅성대고 있었다.

권산은 서둘러 동료들을 찾았고, 다행히 곧바로 아만다와 동료들이 한쪽 복도에서 나타났다.

드워프들이 동요하자 보롬이 직접 단상에 올라 좌중을 향해 소리쳤다.

"모두 진정해라! 7광구의 강제 폐쇄 장치가 가동된 것뿐이다! 우려하던 대로 '영혼 없는 자'들이 마인호프의 위치를 특정했고, 놈들의 추적자를 막기 위해 광구가 자동으로 무너진 것이다!"

보롬은 골치가 아픈 표정으로 관자놀이를 붙잡았다.

"일단 돌아가서 하던 일이나 철저히 해라! 미미르에게 할 납기가 다가온다! 공연히 늦어서 땅의 종족의 자존심을 훼손하지 마라!"

드워프들이 모두 흩어지려 하자 보롬은 한 명의 드워프를 돌려세웠다.

"칼리프, 잠깐 나 좀 보세."

그는 희고 짧은 수염을 가진 늙은 드워프였다. 언뜻 봐도 보롬과 비슷한 연배로 보였다. 특이한 것은 얇은 테의 안경을 쓰고 있다는 점이다.

"흠, 내 연구 성과물에 대해 말할 때가 된 모양이군, 보롬."

"그래, 집무실로 가세."

권산은 보통 일이 아니라 생각하고 슬그머니 끼어들었다.

"실례가 안 된다면 저도 동석할 수 있겠습니까?"

보롬과 칼리프는 빠르게 눈빛을 교환했다.

칼리프는 난색을 표하는 듯했으나 보롬이 고개를 저으며 권산에게 말했다.

"비밀 엄수의 약속을 한다면 동석해도 좋네. 이 일에는 인간의 도움이 필요할지도 모르지. 더구나 자네는 그랜드마스터이니."

"약속합니다."

권산은 약속을 하고 동료들을 먼저 숙소로 돌려보냈다. 셋은 수정의 방 안쪽에 있는 보롬의 집무실에 다시 모였다. 비서인 아만다가 토성 특산의 라이젠의 뿌리 차를 내어왔다.

쌉쌀한 맛이 인삼차와 비슷했다.

"여기 칼리프는 나의 친우로 록스타와도 잘 아는 사이라네. 본래 니다벨리르(토성)의 거신 연구 권위자 중 한 명이지. 현재는 마인호프 병기창을 맡고 있어. 이쪽은 인간족인 권산. 록스타와 인연을 맺었고, 신물질의 공급자라네."

"흠, 신물질의 공급자라면 들은 바가 있지. 우리의 고향 세계가 한번 뒤집어졌을 정도이니… 우리의 염원을 풀어줄 가능성이 아주 높다고 하더군. 아마 우주 배 묠니르가 니다벨리르에 도착하는 대로 본격적으로 연구가 되겠지."

권산은 둘의 대화를 통해 록스타가 샘플을 묠니르에 실어 토성으로 보냈다는 사실을 알게 되었다.

"자, 칼리프. 영혼 없는 자들의 공세가 더 이상 방치할 단계가 아니야. 그렇다고 겨우 마인호프 수백 드워프의 목숨을 담보로 일대 격전을 벌일 수도 없는 노릇. 자네의 연구 성과를 공개할 때가 된 것 같군."

권산은 영혼 없는 자들이라는 표현에 대해 궁금증이 일었으나 일단 잠자코 둘의 대화를 경청했다.

칼리프는 짧게 자른 자신의 흰색 수염을 쓰다듬더니 희미하게 미소 지었다.

"일단… 전력화시킬 정도의 단계는 되었네. 하지만 거신의 마력 엔진을 소형화하다 보니 표면에 마법을 각인해 발동시키는 기능까지는 무리라 판단했네. 그러니 순수 물리력 증가에 집중했지. 그러나 소형화된 만큼 민첩성이나 구동 시간은 대폭 상승 했어. 필요한 금속의 양도 적기 때문에 통으로 미스릴을 쓸 수 있었지."

"100% 미스릴이란 말인가? 대단한 내구력이겠군."

"그래, 운용 방식도 착용자의 움직임에 연동되기 때문에 별도로 훈련도 필요 없어. 이제 파일럿만 뽑으면 돼."

보름은 크게 흡족한 기색으로 고개를 주억거렸다.

"아주 잘되었군. 몇 기나 제작되었는가?"

"여덟 기가 제작되었고 지금 두 기를 더 만들고 있네."

의문점이 해소되기는커녕 더 쌓여만 가자 권산은 참지 못하고 끼어들었다.

"제게도 설명을 해주십시오. 대체 무슨 무기에 대한 이야기입니까?"

보롬이 권산의 눈을 지그시 바라보았다. 마음의 결정을 했음에도 역시 꺼려지는 것은 어쩔 수 없었다. 그만큼 드워프에게는 중요한 기술이기 때문이리라.

"작은 거신. 이 기갑 병기를 우리는 프로젝트 명을 따서 탈로스(TALOS)라고 부른다네."

권산은 흠칫 놀랄 수밖에 없었다.

착용형 기갑 병기로 보이는 이 탈로스라는 명칭은 처음 들어보는 단어가 아니었다. 지구의 군사 무기에서도 전술 타격경량 작전복(TALOS)이라 하여 이와 같은 맥락의 무기 체계가 있었다.

실전에 운용될 정도로 연구가 진행된 것은 아니었으나 인간의 몸에 이동형 외골격을 붙이고 지능형 제어 컴퓨터와 발전기를 내장해 골격을 제어하는 체계였다.

개념상으로 착용자는 외골격의 강도와 유압 출력이 허용하는 한도까지 초인적인 물리력을 낼 수 있었다.

100년 전 세계 최강의 군사력을 자랑하던 미국에서 가장 선진적으로 발전했는데, 핵전쟁 후 미국이 붕괴하며 맥이 끊겼다가 근자에 조금씩 각국의 군사 연구소에서 연구에 들어간 것이다.

'우연인가.'

권산은 잠시 의문을 접고 다시 물었다.

"그렇다면 마인호프를 위협하는 영혼 없는 자들이라는 건 대체 무엇입니까?"

"직접 보는 게 빠르겠군. 저쪽에 있는 가장 큰 수정을 보게."

보롬은 수정을 향해 드워프어로 된 시동어를 외쳤다. 수정은 마치 디스플레이처럼 평평했는데 그곳에서는 땅속에서 환기구를 뚫기 위해 지상으로 뚫고 올라가는 드워프의 시야가 공유되고 있었다.

아마도 머리에 영상 저장이 가능한 카메라와 같은 기기를 매달고 있는 모양이었다.

─7광구. 128번째 환기구 작업 완료. 몬스터 군락이 가까운지 잠시 정찰하겠음.

수정 표면이 떨리며 카메라를 매달고 있는 드워프가 지상으로 올라가 주변을 한 바퀴 돌았다.

─엇! 이상한 생명체 발견. 그 수도 대단히 많다. 조금 더 접근해 보겠다.

드워프는 납작 엎드려 수백 미터를 더 전진해 소용돌이치며 파내려간 거대한 노천 광산을 내려다보았다. 얼마나 장대한지 그 직경이 2㎞가 넘었다. 놀랍게도 노천 광산에서 분주히 움직이는 것은 기계로 된 거대 굴착 차량이며, 차량을 보호할 목적인지 주변을 돌아다니는 인간형 기계는 로봇으로 보였다.

한두 대도 아니었다.

그런 로봇이 무려 수백 기가 넘었다. 드워프는 덜덜 떨리는 목소리로 영상에 음성 기록을 남겼다.

─믿을 수 없는 광경이다. 7광구에 끊임없이 발생한 진동의 원인을 찾았다. 이들은 어처구니없는 공법으로 대지에 엄청난 상처를 남기며 채굴하고 있다.

드워프는 다시 돌아가기 위해 일어섰고, 그게 드워프가 남긴 마지막 영상이었다.

"불쌍한 주노. 성실하고 훌륭한 광부였는데 저곳에서 죽고 말았지. 우리는 주노의 기억 수정을 회수하며 한차례 저 철의 종족과 부딪쳤다네. 놈들은 생명체라고 하기엔 너무도 기계적으로 움직이더군. 고통도 없고 영혼도 없는 게 분명해. 수십 명의 드워프가 그때 죽었어. 그중에는 무려 소드마스터가 두 명이나 있었네. 사실상 우리 마인호프 전투 병력의 8할을 그때 잃었지. 그게 3개월 전일세. 우린 그때부터 우리가 파놓은 광구로 진입하는 저 영혼 없는 자들을 견제하기 위해 끊임없이 광산을 무너뜨리고 있다네."

권산은 그 영상을 보고 한동안 말을 할 수 없었다. 그의 뇌리에 소용돌이치는 경악과 불신의 감정을 통제하기 위해서였다.

"조금 전 노천 광산의 장면을 다시 보여주십시오. 조금 확대해서 보고 싶군요."

"그러지."

보롬이 영상을 되돌려 확대하자 로봇의 몸체가 선명히 보였다.

기억 수정의 해상도가 대단히 뛰어난지 몸체에 찍혀 있는 상표까지 보일 정도였다.

'게오르그 슈미트사, GS—1.'

믿을 수 없는 일이지만 화성의 아케론 지역에 게오르그 슈미트사의 전투 로봇과 기계화 장비가 넘어와 광물을 채굴하고 있는 것이다.

'GS사에는 첨단의 로켓 기술이 있으니 화성까지 우주를 뚫고 온 것일까? 그건 아니야. 그런 방식으론 저 막대한 중량을 가진 장치들을 옮겨올 수 없어. 다른 인간들도 왔을까?'

권산은 보롬에게 말해 영상에서 인간의 형체로 보이는 곳 이곳저곳을 확대해 달라고 부탁했다.

좀 더 작은 인간의 형상처럼 보이는 곳을 비추자 그곳에는 검은색 휘장으로 감싸인 복장의 괴인들이 서 있었다. 퀭하게 파고 들어간 눈, 뼈가 드러난 코. 살아 있는 사람의 모습이 아니다.

"이럴 수가! 이모탈까지 와 있다니!"

권산은 자신도 모르게 심중에 담고 있던 생각을 입 밖으로 내고 말았다.

제곡이 과거 자신에게 말해준 천경그룹과 GS사의 비밀 협약, 사라진 황 박사의 이모탈 부대가 뉘른베르크에 있다는 점, GS시리즈와 이모탈이 동시에 투입될 만한 임무. 권산은 과거에 해소하지 못한 의구심이 일시에 풀리며 정신이 아득해지는 것을 느꼈다.

13장
마인호프 II

'보통 일이 아니다.'

보롬과 칼리프도 권산이 영상 속의 적들을 아는 듯하자 깜짝 놀라며 물었다.

"자네는 저 영혼 없는 자들을 아는군. 대체 정체가 뭐란 말인가?"

권산은 한숨을 쉬며 간략히 답변했다. GS시리즈나 이모탈의 전투력은 강대하다. 적의 정체도 모르고선 일방적으로 당할 수밖에 없기 때문이다.

"저는 스바탈하임에서 나고 자란 인간이 아닙니다. 본래 미드가르드 출신이죠. 모종의 방법을 통해 이곳에 넘어와 있습니다. 저기 보이는 철의 종족은 제 세계에서는 GS시리즈라 불리는 전투 로봇입니다. 또 저 움직이는 시체는 이모탈이라 불리는 괴물이죠. 죽은 소드마스터의 육체에 장난을 쳐서 움직이게 만든 것인데 전투력은 GS시리즈보다 훨씬 강하죠."

"이럴 수가!"

권산은 장장 몇 시간을 붙잡혀 그들과 심도 있는 이야기를 나눴다. 그들로서도 이 막강한 적이 지구에서 왔다는 사실은 꿈에도 짐작하지 못한 것이 뻔했다.

"지구에도 우리의 묠니르와 같은 우주 배를 제작할 기술이 있는가?"

"소수를 태우거나 작은 화물을 운반할 정도는 만들 수 있습니다만, 엘릭서로 구동하는 묠니르와 달리 불의 힘으로 추진하는 로켓 기관으로는 사실상 저들 전체를 실어 나를 수는 없습니다."

칼리프가 침중한 음성으로 말했다.

"그렇다면 놈들은 통로를 이용한 거야. 세계수 뿌리의 길 같은 것 말일세."

"그렇겠군. 그런 4차원 통로가 아니고선 설명할 수 없지."

"동료들과 이야기를 헤야겠습니다. 내일 다시 이야기하시죠."

권산이 일어나려 하자 보름은 좀 더 적들의 정보를 주길 원했고, 권산은 수락하며 일단 이데아에게 정보를 수집해 달라고 했다. 이후 숙소로 돌아와 이 사실을 전파하자 서의지와 백민주는 거의 경악하는 수준으로 놀라워했다.

"어떻게 그런 일이……."

"또 다른 양자터널이 있는 걸까요?"

서의지의 물음은 타당했다. 호리곡의 양자터널과 비슷한 것이 지구 어딘가에 있고, 그것을 GS사가 이용했을 가능성이 있었다.

"그럴 수도 있겠지. 꼭 하나만 있으라는 법은 없으니… 우리처럼 무찰린다의 가죽으로 양자 불꽃을 무력화시켰는지는 알수 없지만, 어떤 방식이든 GS사가 화성에 넘어올 수 있다는건 명백해졌다."

"그런데 권산 오빠, 파견된 사람은 왜 안 보였을까요? 그런 로봇들을 조종하려면 분명 필요할 텐데요."

"단순히 기억 수정에 노출되지 않았을 수도 있겠지. 현재로선 모든 게 가능성의 영역이다. 일단 양자연구소에 이 사실을 전하자."

권산이 영상과 내용을 편집해서 지구로 전송하자 십여 분뒤 양자연구소에서 권산을 호출하는 신호가 들어왔다.

─주인, 통신이 연결됐어요. 바로 연결할까요?

"그래."

―민지혜예요. 김요한 박사님도 계시고요.

"오랜만입니다, 박사님."

―오랜만일세, 권산. 실로 놀라운 정보로군. 우리는 최근 GS사의 급격한 성장 동력이 어디서 왔는지 알게 되었네. 괴수로 인해 자원 채굴이 극도로 어려워진 환경에서도 GS사는 대단한 양적 확장을 해내었거든. 유럽 전체에 GS시리즈를 공급했고, 로비를 통해 유럽의 헌터법까지 개정시켜 GS시리즈가 이능력자와 함께 괴수 사냥에 투입되고 있는 실정이네. GS시리즈로 인해 설 자리를 잃은 이능력자들은 펜리르와 같은 타락한 집단에 가입해서 각국에 많은 패악을 저지르고 있지.

"그렇군요. 혹시 GS사의 화성 진출에 대해 지구 쪽에서 나온 정보는 없습니까?"

―놀랍게도 전혀 없다네. 그들로서도 철저하게 정보 통제를 하는 모양이야. 그들도 모종의 목적을 갖고 있겠지. 아닌 게 아니라 게오르그 슈미트사의 동태가 최근 심상치 않다고 하네.

"수상한 동태라면?"

권산의 회신에 민지혜가 바통을 넘겨받았다.

―그건 제가 설명할게요. 유럽에서 일하는 제 지인을 통해 들은 소식이에요. GS시리즈가 유럽 전역의 군사력을 상당 부

분 대체하는 바람에 졸지에 일자리를 잃은 영국 육군 소속 엔지니어 한 명이 GS—1 한 기를 납치했어요. 그리고 자신의 연구실에서 사상 최초로 GS—1을 해킹했죠. 철저하기로 소문난 GS사의 보안 툴을 뚫어낼 정도이니 대단한 실력자였던 모양이에요. 엔지니어는 GS—1의 운영 체계 속에 숨겨진 시퀀스 코딩이 있다는 것을 찾아냈어요. 영국 지휘소의 통제가 아닌 게오르그 슈미트사에서 직접 원격으로 지령을 내리면 최우선 순위로 명령을 수행하는 시퀀스를요. 그는 해커들의 웹 커뮤니티에 이 사실을 올리고 얼마 후 자살했죠.

"자살했다고?"

—네. 공식적으로는 자살이에요. 하지만 유럽 쪽 해커들 사이에서는 살해당했다는 게 중론이죠. 그의 죽음에는 석연치 않은 점이 많았거든요. 또 커뮤니티에 그가 올린 글도 쥐도 새도 모르게 사라졌고요.

"GS사가 손을 썼다는 것이로군. 그 죽은 해커의 말이 사실이라면 유럽 전역의 군사력을 GS사가 손쉽게 컨트롤할 수 있다는 말이 돼. 슈미트 회장이 마음만 먹으면 유럽을 장악하는 것은 일도 아니겠군."

—그렇죠. 하지만 유럽 전역이 GS시리즈로 군사력을 대체한 것은 아니에요. 단 한 대의 GS시리즈도 사지 않은 국가도 한 군데 있어요.

"흠, 꽤나 선견지명이 있는 곳이로군. 어디지?"

―바티칸이에요. 부유하는 인공 섬으로 되어 있고, 지중해에 부유하는 유럽 최강의 군사력을 가진 국가 말이에요.

권산도 과거 이재룡 총수가 바티칸 교황과의 교섭으로 지구인의 화성 이주 계획에 대해 각국의 지원을 얻어내라는 조언을 들은 바 있었다. 교황의 권위에는 바티칸이 가진 강대한 군사력도 한몫을 하는 게 분명했다.

"게오르그 슈미트사와 직접적인 악연은 없지만, 그들이 천경그룹과 손을 잡은 이상 나로서는 양립할 수 있는 사이가 아니야. 민 실장은 정보력을 최대로 가동해서 그들이 어떻게 화성에 올 수 있었는지 추적해 줘. 그리고 진성그룹의 총수님과 미나에게도 이 사실을 전하도록 해. GS사가 화성의 종족들을 압박해 적대 관계에 들어간다면 우리의 화성 프로젝트 자체가 좌초될 수 있어. 특히 미미르의 눈 밖에 나면 사실상 화성 이주는 물 건너가는 거야."

―알겠어요. 권산 님도 건투를 빌어요. 그리고 GS사의 병력에게 노출되지 않게 주의하세요. GS사가 권산 님을 포착하면 우리의 화성 프로젝트 역시 들킬 수밖에 없어요.

'흠.'

과거 GS시리즈와 격전을 벌인 일로 전 세계에 방송까지 탄마당에 그들이 권산을 못 알아볼 리 없었다. 민지혜는 그것을 걱정하는 것이다.

"그렇게 되겠지. 주의하지."

권산은 앞으로의 화상 탐사나 지구인을 이주하는 프로젝트에 상당한 애로가 생길 것이라는 예감이 들었다. 당장 엘프들의 지도자를 만나 성약을 얻어내고 더 나아가 지구인들이 이주하는 일에 대해 협상을 벌일 타이밍이 다가오고 있었다. 그러나 협상의 기본은 상대가 원하는 수를 자신이 보유하고 있을 때 발생하는 것인데 권산은 아직도 엘프들이 무엇을 원하는지 알 수 없어 답답한 심정이었다. 이를 모르고서는 협상 테이블에 화성 이주 문제까지 꺼내는 건 시기상조였다.

그때 누군가 권산이 있는 방문을 두드렸다.

"당신은 칼리프?"

놀랍게도 드워프 칼리프가 홀로 그를 찾아온 것이다. 칼리프는 굳은 얼굴로 주위를 둘러보더니 권산을 밀치며 방 안으로 들어왔다.

"긴히 나눌 이야기가 있으니 문을 닫게."

"음."

권산이 묵묵히 문을 닫고 돌아서자 칼리프가 먼저 의자에 앉으며 품에서 무엇인가를 꺼냈다. 금속 테로 둘러진 유리 디스플레이였는데 한눈에 보아도 드워프의 마법 공학이 아니라 지구의 과학으로 만들어진 물건처럼 보였다.

"그걸 어떻게 가지고 계십니까?"

"놀랐겠군. 내가 지구의 물건을 꺼내서 말이야. 하지만 이 영상 장치는 자네의 고향에서 만든 게 아니야. 인간들의 손으로 화성에서 만들어졌지. 이 영상 장치 너머에는 자네를 보고자 하는 이들이 있네. 켜기 전에 자네의 승낙을 먼저 받고 싶군."

예상치 못한 상황이었다. 화성으로 이주한 지구인들의 문명은 몹시 퇴보하여 중세시대와 같았는데 아직도 이 정도의 과학력을 보존하고 있는 모양이다. 더구나 그런 물품이 드워프의 손에 있는 이유는 또 무엇이란 말인가.

"저로서도 몹시 궁금해지는 상황이군요. 영상 장치를 켜주십시오. 존경받는 드워프 원로께서 록스타의 친우인 제게 해가 될 만한 일을 하시진 않겠죠?"

"그런 일은 없네. 하지만 비밀은 지켜주게."

칼리프가 영상 장치를 켜자 화면 너머로 세 명의 노인이 나타났다. 특이한 건 화성에 온 뒤 단 한 번도 본 적이 없는 흑인이 있다는 점이다.

─목이 메어서 말이 안 나오는군. 내 생에 지구인을 직접 보게 되다니.

─오토 자네는 항상 너무 감상적인 게 흠이라네.

노인들은 잠시 옥신각신하다 의견을 조율하고는 대표 격으로 오토가 입을 열었다.

　—안녕하신가, 권산 지구인이여. 나는 오토, 이 친구는 에드거, 내 아리따운 흑인 숙녀는 비앙카라고 하네. 자네는 동아시아 출신으로 보이는데 정확히 어딘가? 중국? 한국?

　권산은 그 순간 많은 것을 파악할 수 있었다. 이 노인들은 화성 출신이 아니었다. 100년도 더 전 엑소더스선을 타고 화성에 이주한 바로 그 1세대가 틀림없었다. 그러나 평범한 인간이 100년도 넘게 생존할 수는 없는 노릇. 뭔가 비밀이 있는 듯했다.

　"한국입니다. 지금은 통일한국이라고 부르죠. 세 분은 모두 미국인이십니까?"

　—그래, 정말 정겨운 이름이지. 나는 플로리다 출신이라네. 그 햇빛과 공기가 정말 그립군. 지금의 지구는 어떤가? 핵전쟁이 벌어지지 않았나?

　"핵전쟁은 벌어졌습니다. 전 지구의 80%가 오염되어 인간이 살 수 없는 지역으로 변했죠. 지금 지구는 방사능 범벅입니다. 괴수라 불리는 초강력 몬스터가 전 지구적으로 탄생했고, 인간들은 생존을 위해 거주지를 축소하고 많은 자원을 방어에 쓰고 있죠. 남은 국가도 많이 없습니다."

　—그랬군, 그랬어. 사실은 알고 있었네. 엑소더스선의 창 너머로 지구에서 피어오르는 수많은 핵 섬광을 보았으니…….

하지만 결국 자네와 같은 후손은 생존했군. 우리가 화성으로 도망친 건 너무나 큰 실수였어.

"많은 고통의 세월이 있었습니다. 지금도 진행형이고요."

—미안하군. 하지만 우리는 칼리프를 통해 자네의 소식을 접하고 얼마나 기뻤는지 모르네. 각설하고, 이대론 밤을 새워도 정보를 나누기에 부족하니 핵심적인 내용만 서로 주고받는 게 어떤가?

"좋습니다. 같은 인류로서 서로 도움을 줄 수 있다는 건 좋은 일이죠."

—화성에는 어떻게 왔나? 우주선인가?

권산은 고개를 저었다.

"양자터널이라 불리는 4차원 통로를 발견했고, 그곳을 통해 넘어왔습니다. 이번에는 제가 질문드릴 차례로군요. 혹시 자유 연합이십니까?"

오토는 에드거와 비앙카를 바라보며 한 번씩 시선을 교환했다. 그만큼 권산의 질문이 핵심에 가깝게 찔러들어 왔다는 뜻이다.

—맞네. 우리 셋을 포함해 50여 명이 아직까지 자유 연합의 연합원이지. 자네가 그것을 아는 건 필시 우리가 보낸 우주 통신을 들은 것이로군.

권산은 이데아에게 명령을 내려 과거 김요한 박사가 잡아낸 화성 통신의 전문을 렌즈 화면에 띄우고 읽었다.

"여기는 자유 연합. 우리는 살아 있다. 피의 황제를 무너뜨 릴 때까지 전쟁은 멈추지 않는다. 지구의 생존자들에게 화성 의 소식을 전한다. 우리는 제국에 맞서 자유를 위해 싸운다. 지구의 형제들이 이 신호를 받는다면 무슨 수를 써서든 지원 해 주길 부탁한다. 우리는 동맹이 절실하다. 불사의 황제를 죽 이고 화성에 인류의 땅을 만들자. 황제는 클론 군단과 오크 병단을 가지고 있다. 우리 연합은 지구의 도움이 절실하다."

─맞군. 내용은 조금씩 다르지만 그 통신문은 우리가 보낸 게 맞아. 우리가 바로 그 자유 연합이지.

권산은 이제야 자신을 화성으로 이끈 통신 발신자의 정체 에 대해 알게 되었다. 화성에 도착한 지 오래되었지만, 섣불리 먼저 무선 통신으로 그들과 접촉하지 않은 것은 정말 지구인 이 화성에 왔을 때 호의적으로 나올 세력일지 확신할 수 없었 으며, 통신 자체가 암천마제가 판 함정이 아닐까 염려했기 때 문이다. 그러나 이들의 진체를 파악하고 보니 그럴 걱정은 없 어 보였다.

"그렇다면 피의 황제와 오랜 전쟁을 하고 있군요? 그에 대해 좀 더 듣고 싶습니다."

화면 속의 오토는 푹 한숨을 내쉬었다.

—사실 그건 전쟁이라고 부를 자격이 없네. 일방적인 살육을 당하고 도주하여 벌레처럼 질긴 목숨을 연명하는 처지에 감히 전쟁이라는 표현을 쓰는 것은 과했지. 우리 자유 연합은 이름만 그럴싸할 뿐 황제에 대항한 적도, 대항할 힘도, 의지도 없다네. 그저 지구의 후손들이 와주면 어떻게든 될 것 같아 허장성세로 그렇게 통신을 보낸 것일 뿐이라네. 혹여 그것으로 인해 권산 자네가 화성에 온 것이라면 몹시 미안한 마음이로군.

권산은 별로 실망하는 마음이 들지 않았다. 그동안 여정을 계속하는 동안 암천마제가 황제로 군림하며 이룩한 제국과 왕국의 세력을 보았고, 자유 연합의 존재는 어디에서도 찾을 수 없었다. 그동안 자유 연합을 찾기 위해 힘쓰지 않은 것도 그들과 접촉함으로써 얻을 이익보다 권산의 정체가 제국에게 밝혀질 가능성이 더 컸기 때문이다.

"제 나름의 목적이 있어서 온 것이니 미안해하지 않으셔도 됩니다. 그건 그렇고, 통신에서 언급한 '불사의 황제', '클론 군단', '오크 병단'은 대체 무슨 이야기입니까?"

—흠, 그건 우리 자유 연합이 화성에 뿌리 내린 역사를 말하지 않으면 설명하기가 힘들군. 괜찮다면 우리의 근거지로 오는 게 어떤가? 영상 장치의 파워가 오래 버틸 수 없을

듯하군.

"거리가 멀면 곤란합니다."

—아니야. 칼리프의 안내를 받게. 우리의 근거지는 칼리프의 연구소로 위장하고 있어. 마인호프와는 지하철로 통해 있지. 금방 도착할 수 있을 걸세.

"그렇다면 동료들과 함께 가겠습니다."

—타 종족은 곤란해. 모두 인간인가?

권산은 아르네 자매는 마인호프에 떨어뜨리고 갈 생각으로 고개를 끄덕였다.

—그럼 조금 뒤에 보세.

권산은 아르네 자매에게는 적당한 핑계를 대고 제인과 백민주, 서의지만을 호출해 칼리프의 안내를 받아 마인호프의 깊숙한 곳으로 내려갔다.

일종의 엘리베이터와 같은 것을 타고 끝도 없이 지하로 내려갔다.

"지하로 오면 숨 쉬기가 힘들지. 유해 가스도 많고 말이야. 모두 이 목걸이를 목에 걸도록 해. 정화의 목걸이라네. 이것만 있으면 깊은 산중의 깨끗한 공기를 항상 들이켤 수 있지."

과연 칼리프의 말대로였다. 드워프의 마법 도구는 항상 놀라웠다. 지하에 위치한 넓은 플랫폼에 도달하자 길이 20미터가량의 튜브형 탑승체가 레일 위에 있었다. 묘사 그대로 지하

철이었는데 특이한 것은 운반체의 동력 방식을 파악할 만한 장치가 하나도 보이지 않는다는 점이다.

"권산 오빠, 그냥 생짜 깡통으로만 보이는데요?"

"뭔가 드워프의 기술이겠지."

모두가 탑승하자 튜브는 굉음과 함께 급가속하며 어딘가로 질주하기 시작했다. 승차감으로 보건대 튜브는 바닥에서 떠 있는 것 같았다. 자기부상 열차와 비슷한 느낌이었으며 가속과 감속 시에 들리는 공기 파열음으로 보아 진공을 이용한 유체의 힘으로 운행하는 게 분명해 보였다.

'입구에서 소개장을 운반시킨 바로 그 진공 기술이로군.'

20분 정도 갔을까. 튜브가 멈추고 그곳에서 내리자 칼리프의 연구원으로 보이는 드워프들이 마중 나와 있었다. 그들을 따라 엘리베이터를 타고 어느 정도 더 올라가다 문이 열리자 마침내 칼리프의 병기 연구소가 나타났다. 그곳에는 영상에서 본 세 명의 노인이 권산을 기다리고 있었다.

"정말 와주셔서 고맙습니다, 고향에서 오신 손님들이여."

비앙카가 허리를 숙여 인사했다. 일행은 마주 인사하고 각자를 소개했다. 그때 권산은 비앙카의 뒤로 몰려나온 자유연합원들의 면면을 보았으나 가장 어려 보이는 이도 60대 이상의 노인이었다. 비앙카와 같이 더러 흑인도 보이는 게 특이했고, 복장을 보니 모두가 연구원들로 보였다.

"지구에서 온 권산이라 합니다. 이 무리의 리더를 맡고 있죠."

"자, 일단 이리로 오시게."

오토가 권산 일행을 회의실로 안내했다.

"이곳은 우리 자유 연합의 근거지이자 칼리프 병기 연구소라네. 우리는 엑소더스 탈출선의 마지막 그룹으로 화성에 도착했지. 그게 바로 50년 전이라네."

권산은 의아해하며 되물었다.

"50년이라뇨? 엑소더스선이 지구를 떠난 게 100년도 더 전 아닙니까? 아무리 100년 전 기술이라지만 우주선이 순항할 경우 1년 미만이 소요되는 것으로 아는데요."

오토는 어디부터 설명해야 될지 막막한 모양이다. 이윽고 그의 입이 천천히 열렸다. 이후 권산은 무려 세 시간에 가깝게 오토와 대담을 주고받으며 자유 연합의 역사와 제국의 실체에 대해 정확히 깨닫게 되었다.

100년 전 수십 척의 엑소더스선은 안정적인 운항을 위해 열 개의 그룹으로 나눠 며칠 간격을 두고 순차적으로 출발했다. 그런데 마지막 열 번째 그룹이 화성 궤도에 도달하기 직전 미지의 유성과의 충돌에 휘말렸고, 그 충격에 마지막 그룹에 속한 엑소더스선 선단 전체가 파괴되었다. 다만 한 대의 엑소더스선만이 천운으로 살아남았는데 애석하게도 조종 칸이 직격으로 맞아 반파되며 비행사들을 모두 잃고 말았다. 그러면서 제어 컴퓨터의 운항 시스템이 오류를 일으켰고, 무려 50년간 궤도를 떠돌았다. 5백 명에 가까운 생존자들은 50년간 냉동 동면 되었다가 우주선이 마침내 화성 궤도에 접어들자 비상 착륙과 함께 동면이 해제되며 이 모든 진실을 알게 된 것이다.

그들이 착륙한 지역은 당초 목표로 한 타르시스 지역과는 수천 킬로미터 떨어진 아케론 지역. 아직 엘프들이 화성에 나타나기 직전인 시기였다. 생존자들은 주거지를 건축하며 필사적으로 다른 엑소더스선의 이주자들과 접촉하려 했지만, 그 어떤 무선 통신에 대한 답신도 타르시스 지역에서 들려오지 않았다.

엑소더스선의 열핵 추진 엔진을 개조해 에너지를 충당하고, 실려 있던 무기로 무장하여 토착 부족인 오크족을 밀었다. 그렇게 나름대로 기반을 다지던 중 마침내 인간들과 접촉하게 되니 이것이 바로 제국의 군대였다.

제국의 군대는 그 어떤 대화도 없이 자유 연합의 생존자들을 무차별적으로 학살했고, 일부 첨단 과학 무기로 대항했으나 중과부적이었다. 제국의 군인들은 모두 같은 유전자를 이용해 복제된 듯 생김새가 같았고, 빼어난 신체 조건에 강인한 전투력은 지구의 역사에 등장한 어떤 고대의 영웅 못지 않았다.

방어를 포기하고 도주한 자유 연합은 먼저 도착한 엑소더스의 인간들에게 대체 무슨 일이 벌어진 것인지 조사했다. 그러자 엑소더스1에 탑승한 리처드라는 자가 화성에 엑소더스선이 착륙하자마자 미국의 지도자들을 죽이고 반발하는 인물에 대한 피의 숙청을 감행한 뒤 철권의 제국을 세웠다는 사실을 알게 되었다. 사실상 이주 1세대 인류는 죽음의 공포 속에서 제국의 기반을 닦기 위해 끝없는 노동에 시달렸을 게 뻔했다. 무려 8천 명이 넘는 미국의 엘리트들이 그런 처지에 빠진 것이다.

리처드는 엑소더스선을 통해 가져온 생체 복제 장치와 급속 배양액을 사용해 빠르게 인류의 수를 늘리기 시작했고, 그 과정에서 자신의 유전자와 몇몇 신체적으로 우월한 유전자를 섞어 클론 군대를 창조하기에 이른다. 그러면서도 과학기술을 철저히 말살해 인류의 문명을 중세시대로 회귀시켰고, 2세대 인류에게 만들어낸 가짜 역사를 주입해 제국의 통치를 공고히 했다.

그런 통치는 리처드가 화성에 도착한 초기부터 자유 연합의 엑소더스가 착륙하고 양측의 세력이 충돌한 때까지 이어졌다. 놀라운 일이지만 50년간 리처드는 조금도 늙지 않고 황제의 옥좌에서 제국을 통치했으며, 이 불가사의한 일은 철저히 불문율에 부쳐졌다. 수년간 자유 연합은 열심히 황제의 군대에 대항했지만 철저히 당하기만 했고 몇 번이나 근거지를 옮길 수밖에 없었다. 그러다 아케론 지역에 일대 사건이 일어나며 전쟁의 양상이 크게 변하는 일이 생겼다.

바로 미미르가 만든 유희의 세계가 하룻밤 사이에 땅에서 솟구쳤으며, 동시에 수천 명의 엘프 군단이 남쪽으로 밀고 내려온 일이었다.

자유 연합은 도피라면 이골이 났기 때문에 더욱 아케론의 험지로 깊숙이 숨어들었고, 엘프 군단과 황제의 군대가 충돌하는 것을 보았다.

수 개월간 전투가 이어졌고, 마침내 엘프가 황제의 군대와 토착 오크 세력을 밀어내며 아케론을 차지하자 자유 연합은 완전히 고립무원의 처지에 빠졌다. 자급자족이 안 되는 지하로 숨어들었기 때문에 이대로라면 수개월 내 전멸할 위기였지만, 우연히 드워프 칼리프와 접촉하게 되고 지구의 과학기술을 소개하며 호감을 산 덕분에 드워프 세력권 내부에서 조용히 공존하게 되었다.

50년간 조금도 나이를 먹지 않아 불사의 황제라 불린 리처드는 그 시점에 홀연히 사라졌다.

그의 클론 군대와 함께였다. 그의 후계자인 아카시안 솔이 황위를 잇고 6대 왕국을 분할시켜 국경에 완충지대를 만든 것은 그 뒤에 일어난 일이었다.

그 후 리처드의 행적은 수 년 뒤에 나타났다.

발레스 지역의 오크 무리를 규합하여 엘프의 세력권으로 치고 들어온 것이다. 수백 명의 클론 군단과 수만 명의 오크 병단, 그리고 경세적인 리처드 개인의 무력으로 인해 발레스 지대까지 깊숙이 진군한 엘프 군단은 파멸적인 피해를 입고 아케론 지역 안쪽으로 후퇴할 수밖에 없었다. 그 이후 리처드의 행적은 완전히 증발하듯 사라졌지만, 그가 자연사했으리라고 생각하는 세력은 어디에도 없었다. 첨단의 생체공학으로 리처드가 노후를 억누르고 있다는 것이 자유 연합 내의 유력한 가설이었는데, 어찌 되었든 그가 다시 나타나면 다시 한번 종족 간 세력 균형이 크게 어그러질 것이 틀림없었기 때문에 각 세력은 그의 행방을 찾는 데 많은 노력을 기울이고 있었다.

다시 나타난 그가 인간의 편일지 오크의 편일지는 과거 행적으로 미루어 알 수 없는 일이었다.

하지만 이제 모두 의미 없는 일이 되었다. 자유 연합의 생존자들은 주기적으로 동면을 취하며 간신히 50년째 수명을 연장해 오고 있지만, 이제 세월의 황혼이 닥쳐옴으로써 죽음이 멀지 않았다.

우주에서 50년간 동면을 취한 부작용으로 생식 세포가 파괴되어 후손을 본 이도 없었으며, 생체 복제 장치와 같은 과학적인 번식 수단도 없었다. 그러던 차에 권산이 나타났고, 이들은 죽기 전에 지구로 돌아가 고향 땅을 밟아볼 수 있으리란 기대를 품게 된 것이다.

14장
마인호프 III

　여기까지가 권산이 전달받은 자유 연합의 역사였다. 암천마제가 벌인 행각에 대해 더욱 소상히 알게 된 것은 소기의 성과였다. 그가 화성의 2세대에게 주입한 가짜 역사 때문이었는지 과거 클로라에게 전해 들은 화성의 역사와는 미묘하게 연대가 맞지 않는다는 것을 깨달았다.

　'클로라는 제국이 건국되며 오크를 밀어내고 국경이 생기자 완충지대에 6 대 왕국이 성립하고 그 뒤에 엘프가 나타났다고 했는데, 이제 보니 자유 연합의 존재는 역사에서 빼버린 데다 엘프족의 등장이 6 대 왕국의 성립보다 빠르다. 암천마

제가 오크족의 워칸이 되어 대엘프 전쟁을 벌인 역사를 통째로 들어내기 위해 연대를 조작한 거겠지.'

권산은 오토를 보며 물었다.

"리처드 황제는 막강한 클론 군대와 홀연히 사라졌고, 오크 병단은 발레스 지역으로 흩어졌다. 이렇게 이해하면 되겠습니까?"

"그렇다네. 그게 바로 우리가 파악한 일의 전말이야."

"제국의 황족은 그의 후손이 아닙니까? 그렇다면 황제는 제국에 은거하고 있을 확률이 높겠군요."

오토는 고개를 저었다.

"가능성이야 어디든 있지. 우린 솔 제국에 믿을 만한 정보통이 있어. 유력 귀족이며 제국의 요직에 있지. 하지만 리처드가 제국에 있다는 소식은 전혀 없네. 공식적으로는 역사대로 그가 죽은 것으로 되어 있지. 그리고 여담이네만 제국의 황족은 그의 혈족이 아니야. 2대 황제는 그의 양자이며, 그를 기점으로 지금의 황가가 이루어졌지. 이유는 알 수 없네만, 그는 직계 자손을 낳은 적이 없네."

이 또한 중요한 정보였다. 이는 권산이 암천마제의 행적에 대해 의문을 갖고 있던 사안 중 하나였다. 천 년을 살아오며 후세를 보았다면 지구상에 수만 명은 그의 후손이었을 법도 한데 그런 기록이 없었기 때문이다. 그는 불사의 능력이 있었지만 생식을 못하는 결함이 있는 듯했다.

오토가 연이어 입을 열었다.

"최근의 소식으로는 제국 황가가 정보국 소속의 정예 수천 명을 대륙에 퍼뜨려 사라진 시황제와 클론 군단을 찾고 있다고 하네."

묵묵히 듣던 서의지가 잠시 치고 들어왔다.

"시황제를 찾아서 제국에 귀환시키고 클론 군대를 흡수하기 위해서이겠군요?"

오토는 굳게 입을 다문 채로 고개를 저었다.

"그건 아닐 거야. 아마 이 화성에서 누구보다 시황제의 진실한 죽음을 바라는 건 바로 솔 제국의 황제일 테니까. 리처드가 돌아온다면 솔 제국의 강대한 군대도 한 손에 스러질 모래성에 지나지 않아. 그들은 한번 잡은 군림의 권력을 놓고 싶지 않을 거야. 이것이 바로 역사의 표면에 드러나지 않은 제국 황가의 흉심일 것이네."

여기까지 들은 권산은 자유 연합이 믿을 수 있는 세력임을 확신했다. 믿을 수 있는 화성 세력과의 연수는 화성 이주 프로젝트 성립의 중요한 요소였다. 그들은 노년이며 가진 정보와 기술력에 비해 충분한 전투 능력을 갖추지 못했다. 배신당할 우려도 적고 당한다 해도 그리 치명적이지 않았다.

'끌어들이자.'

마음을 정한 권산은 차분히 그들을 보며 이야기했다.

"앞서 말씀드린 대로 저는 모종의 목적을 가지고 화성에 왔습니다. 지구는 괴수의 습격과 방사능의 확산으로 점점 인간이 살 곳이 줄어드는 상황입니다. 그래서 화성으로의 이주가 절실하다는 생각이고, 이를 위해 첨병의 역할로 이곳에 온 것이죠. 어떻습니까? 자유 연합은 이런 저와 손을 잡고 지구인들의 이주를 맞아주실 수 있겠습니까? 공식적으로 연수를 제안합니다."

오토는 마음의 결정을 이미 내린 듯 즉각적으로 답변했다.

"좋은 제안 감사하네. 이는 우리도 원하는 바라네. 한데 자네가 속한 세력의 이름이 무언가? 그 세력에서 자네의 위치도 궁금하네만."

권산은 바로 대답할 수 없었다. 현재 권산은 휘하 아르고 용병대를 거느리고 긴급 상황 시 용살문의 세력이라 할 수 있는 호리곡의 지원을 받을 수 있었다. 재정과 기술적 지원은 진성그룹이 맡고 있었다. 특별한 주도 세력 없이 권산을 중심축으로 세력의 연대가 이루어지는 상황이라고 할 수 있었다.

'확실히 앞으로 거점 도시를 건설하고 이를 기반으로 이주 국가를 만들어야 해. 세력 체계와 이름을 확실히 정하는 게 좋겠지.'

권산은 역사상 최초로 두 개 행성에 영토를 가진 우주 국가의 국명을 떠올렸다. 특별히 이유는 없었지만 불현듯 이 이름이 적당하겠다는 생각이 들었다.

"우린 우주 국가 헬리오스의 일원입니다. 저는 첨병이자 최고 의사 결정권자입니다. 저와 모든 일을 의논하시면 됩니다."

"그렇군. 헬리오스라……. 고대의 태양신을 따왔군. 자유 연합은 이제 헬리오스의 동맹일세."

"이제 한 식구가 되었으니 제가 가진 특급 정보 하나를 공유하겠습니다."

권산은 리처드 시황제의 정체가 고대 중국의 무인인 암천마제이며 그가 천 년도 넘게 살았다는 것을 자유 연합에 알려 주었다. 오토는 이 사실에 경악을 금치 못했다. 첨단 생명공학의 힘으로 수명을 연장하고 있다는 것이 그나마 현실적인 가설이었는데 가설이 뒤집힌 것이다. 그의 존재는 이미 불가사의 그 자체였다.

"그는 불사신이며 무력은 초인적이야. 권산 자네는 그가 나타나면 죽일 방법이 있는가? 그 방책이 없다면 헬리오스의 건국은 허상에 지나지 않네."

"솔직히 말하면 무력 대 무력으로는 어려운 일이죠. 역대 제 사문의 조사들도 무수히 실패한 일입니다. 하지만 그도 인간인 이상 약점이 있을 겁니다. 저는 수단과 방법을 가리지 않고 그를 제거할 작정입니다."

오토는 곰곰이 생각하다가 드워프 칼리프와 잠시 시선을 교환했다. 칼리프가 고개를 끄덕이자 이내 오토가 권산 쪽으로 다시금 고개를 돌렸다.

"이게 도움이 될지는 모르겠어. 하지만 우리 자유 연합이 내놓을 수 있는 최선의 도움이니 이리 한번 와보게."

일행은 오토의 안내를 받아 병기 연구실의 더욱 깊숙한 곳까지 들어갔다. 드워프와 인간 연구원들이 뒤섞여 벽에 일렬로 진열되어 있는 2미터 크기의 갑옷에 이런저런 장치를 부착하고 있었다.

권산은 대번에 이것이 무엇인지 알아봤다. 보롬과 칼리프의 대화를 통해 들은 바가 있었기 때문이다.

"탈로스로군요."

칼리프는 자랑스럽다는 듯 탈로스의 외장 장갑을 매만지며 답했다.

"그래, 탈로스지. 작은 거신, 착용형 기갑병기. 멋진 수식어가 붙은 놈이야. 인간과 드워프 과학의 정수가 여기 들어 있네."

권산이 탈로스에 다가가 세심히 살피니 확실히 생소한 기술이 엿보였다. 기본적인 통제는 자유 연합의 제어 시스템이 쓰인 것이 확실해 보였다. 그러나 골격 프레임과 장갑 사이에 붉은 섬유질이 가득 차 있었는데 마치 배양한 세포 덩어리처럼 보였다.

"이건 뭡니까?"

오토가 자랑스럽다는 듯이 입을 열었다.

"드래곤의 근육이라네. 드워프가 사냥한 드래곤의 사체를 공수해서 써먹었지. 탈로스의 기본은 착용자의 근력과 내구력을 높여주는 데 있어. 초기 모델에는 유압 실린더가 쓰였는데, 근력 강화는 틀림없었지만 수축과 팽창 속도가 느린 데다 내구력이 형편없었다네. 외력에 의해 파손되면 기름이 새서 오히려 착용자를 위험에 빠뜨리기 일쑤였지. 그래서 과감하게 유압 실린더를 제거하고 드래곤 근섬유를 대용했지. 결과는 대성공이야. 이 드래곤이란 종의 생체 세포의 힘은 대단해서 착용자 근력의 열 배의 출력을 낼 수 있고, 물리력과 마법력에 대한 방호 성능도 대단해. 생체 조직이라서 파괴되더라도 자가 복구 능력도 있어. 여기 등 쪽 프레임이 착용자의 척수 신호를 전기 신호로 변환해서 근섬유를 제어하는 게 기본 운동 체계이고, 탈로스의 신체 접촉면 전체에 신경 센서가 부착되어서 체온, 심박 수, 신체 자세, 수분 정도를 체크하지. 만약 착용자가 위협을 느끼면 해당 부위에 자기장이 발생해서 근섬유의 피를 굳혀 강철처럼 경화시키는 액체 장갑 기술까지 들어가 있지."

권산은 혀를 내두르지 않을 수 없었다. 소드마스터급이 아니라면 탈로스를 입은 기사를 제거할 방법이 사실상 없는 것이다. 대마법 방어진이 각인된 것은 아니지만 드래곤의 육체가 가진 특유의 마력 저항에 미스릴 재질의 프레임과 외장갑으로 항마력을 더했다. 가볍기는 깃털과 같고 강하기는 강철의 수십 배에 이르는 미스릴이니 착용자의 몸놀림이 가뿐할 것은 불을 보듯 뻔했다.

권산은 가슴 중앙부의 수정을 가리키며 물었다.

"탈로스도 저기 마나 베슬이 있군요. 엘릭서를 동력으로 움직이는 겁니까?"

칼리프가 고개를 끄덕였다.

"물론이야. 착용자가 소드마스터라면 자신이 가진 포스를 엘릭서 대용으로 사용할 수 있겠지만, 그게 아니라면 마나 베슬에 엘릭서를 충전해서 구동시킬 수 있지."

"놀라운 무기 체계로군요. 2미터 정도로 골격이 커서 이동성이 안 좋아 보이기는 하지만 그것을 빼더라도 대단하군요."

"커험, 이동성이 안 좋다니 이거 섭섭하군."

칼리프가 헛기침을 내뱉으며 탈로스의 다리를 만지고 시동어를 외우자 갑옷 전체가 빛을 뿜으며 순간적으로 마나 베슬 속으로 축소되어 사라졌다.

"아공산 저장 마법 정도는 필수라네."

"후아!"

"멋지다!"

일행 사이에서 감탄사가 터졌다. 탈로스는 정말로 탐이 나는 물건이었다. 두말할 것 없이 최고의 전투 무구가 틀림없었다. 그런 생각이 들자 과거 들은, 드워프가 화성에 가져온 최강의 아티팩트가 떠올랐다.

"5대 군장과 탈로스를 비교하면 어떻습니까? 입기만 하면 힘과 스피드가 소드마스터급으로 강해지고, 5서클 이하 마법을 명령어만으로 구현시키며, 독특한 궁극기를 펼칠 수 있다고 들은 바가 있습니다."

"그래, 자네도 알고 있었군. 우리 드워프가 스바탈하임에 가져온 최강의 무구들이지. 본래 엘프족에게 제공된 물건들인데 어쩌다 보니 전쟁통에 인간들에게 흘러가 버렸어. 탈로스가 인간과 드워프의 공학을 결합해 만든 훌륭한 물건이긴 하지만 5대 군장에 비할 바는 아니네. 탈로스는 착용자의 신체 능력을 너무 가리는 약점이 있어. 소드마스터가 착용한다면 5대 군장에 맞먹는 대단한 힘과 스피드를 얻을 수 있지만, 보통 기사가 착용한다면 어림없지. 더구나 마법적인 옵션이 없고 궁극기도 없다는 건 큰 결점이라 할 수 있네. 5대 군장에 쓰인 광석은 극히 희귀해서 양산도 불가능하기 때문에 가치면에서는 비교할 수 없어."

"흠, 그렇군요. 탈로스는 드래곤 사체만 있다면 그럭저럭 양산이 된다는 점 정도만 더 낫다고 할 수 있군요."

칼리프가 고개를 끄덕였다.

"드래곤 사체도 귀한 재료라네. 본토에서도 쓰임이 많지. 여기 탈로스 열 대의 제작이 끝나면 당장은 더 구할 방법이 없다네."

드래곤은 최소 A급 수준의 괴수가 틀림없어 보였다. 어쩌면 아직까지 랭크된 적이 없는 S급 수준의 괴수일지도 몰랐다. 그렇다면 지구의 A급 괴수 사체의 쓸 만한 부위로 드래곤 근섬유를 대체할 수도 있지 않을까 하는 발상이 권산의 뇌리를 스쳤다. 이를 칼리프에게 말하자 칼리프가 상당히 고무된 어조로 되물었다.

"미드가르드의 괴수가 그렇게 생체 능력이 뛰어나다면 가능성이 없는 것도 아니지. 충분한 시료를 가져와 보게. 만약 적합한 생체 조직을 자네가 공급할 수 있으면 우리 마인호프의 모든 드워프에게 탈로스를 착용시킬 수도 있겠어. 그렇다면 영혼 없는 자들과의 싸움도 해볼 만해지겠지."

권산은 한숨을 쉬었다. 괴수 사체를 구하는 것은 민지혜나 지명훈에게 부탁하면 문제도 아니었다. 하지만 화성 숙영지에서 마인호프까지의 거리가 너무 멀었다. 레일건 포대는 아직 완성 전이었고, 완성되었다고 해도 이곳은 사정거리 밖이다. 탈로스를 만들자면 수십 톤 단위의 생체 조직 시료를 옮겨와야 할 텐데 현재로선 불가능한 일이었다.

권산이 이를 설명하자 오토가 자신감이 충만한 어조로 나섰다.

"우리 자유 연합이 쓸모가 있겠군. 우리가 대륙 곳곳에 구축한 공간 이동용 비콘을 사용하게. 우리도 50년간 그냥 늙고만 있던 건 아니야. 생존을 위해 드워프의 마법이동진을 대륙 곳곳에 설치했지. 자네가 건너온 양자터널 근방에도 하나쯤 있을 걸세."

오토가 휴대용 디스플레이 하나를 가져와 대륙 지도를 띄우고 비콘의 위치 레이어를 덧입혔다. 권산은 이를 렌즈 캡처하여 이데아에게 명령하고 좌표를 찾아냈다.

—대륙 곳곳에 설치된 총 20개의 비콘 중 화성 숙영지에서 가장 가까운 비콘은 직선거리 50㎞ 정도에 있어요. 실피르강 바로 옆이니 수운으로 물류 운송이 가능한 포인트예요. 운이 좋네요, 주인.

일이 되려니 여러 가지가 손쉽게 풀렸다. 권산은 민지혜에게 보내는 메시지를 작성했고, 자유 연합 쪽에서는 비앙카가 대응해 주기로 했다. 둘 사이에 직접적인 통신 채널을 뚫어놓으면 권산이 챙기지 않아도 A급 괴수 사체 공급이 될 터였다.

"그런데 탈로스의 성능을 좀 볼 수 있겠습니까?"

"오호라, 역시 그랜드마스터답게 호승심이 이는 모양이군.

그런데 어쩐다. 여기에는 드워프 전사들이 없는데. 하는 수 없군. 거기 아가씨 키 정도면 탑승할 수 있을 테니 한번 타보겠나?"

칼리프는 턱으로 제인을 가리켰다. 칼리프가 보기에 권산을 제외하고 전사라 할 만한 이는 제인뿐이었던 것이다. 제인은 권산의 진실된 출신과 새롭게 접하는 정보에 정신없어하다가 화들짝 놀랐다.

"제가 저 아티팩트를 조종하는 건 어렵지 않을까요?"

"조종이랄 것도 없어. 그냥 올라타면 알아서 연동해 움직이게 되어 있어."

제인은 고개를 끄덕이고는 탈로스 한 기의 발등을 밟고 몸을 돌려 내부의 준비된 발판에 양발을 올렸다. 그러자 가슴 장갑과 옆구리 장갑을 위시한 외골격이 닫히며 제인이 완전히 탈로스 내부로 격리되었다.

쿠우웅!

2미터 크기의 탈로스의 투구 눈 부위에서 빛이 나며 제인의 시선이 느껴졌다.

"제인, 느낌이 어때?"

"상당히 괜찮아. 의외로 밀폐감도 없고 쾌적한데?"

"한번 움직여 보겠어?"

제인이 움직이기 시작하자 2미터 크기의 볼륨 넘치는 갑옷이 놀라울 정도로 가볍게 구동했다. 팔과 다리를 움직이고 허리를 돌리며 가볍게 점프하는 것이 인간의 움직임처럼 유연하기 그지없었다.

"정말 편해. 그리고 힘이 느껴져."

제인은 넓은 장소까지 걸어 나와 팔굽혀펴기를 하고 물구나무를 섰다가 텀블링까지 시도했다. 탈로스의 힘을 주체하지 못해 착지가 불안정했지만 지켜보는 이들이 모두 감탄할 만한 성능이었다.

"좋아, 제인에게 검을 주십시오. 제가 한번 대련을 해보죠."

190㎝의 권산보다 탈로스가 조금 더 컸지만 대련에 지장을 받을 정도는 아니었다. 제인이 기다란 탈로스용 장검을 쥐자 권산은 블랙 그래비티를 꺼내 서로를 견제하며 빙빙 돌았다.

선공은 제인이 했다.

그녀의 트레이드마크인 섬광 같은 찌르기였다. 탈로스의 근육이 거칠게 수축하며 제인의 기술을 무리 없이 구현했다. 권산은 화경을 곁들인 사선 방어로 찌르기를 흘리려 했지만, 그 역도가 어찌나 강한지 손목이 쪼개져 나가는 충격을 받았다.

채앵!

쾅!

역도를 완전히 해소하지 못한 권산의 몸이 붕 떠서 5미터 뒤로 날려갔다. 재차 둘 사이가 좁혀들며 본격적으로 맞붙자 권산은 1갑자 이상의 내공을 끌어 올려 경기공을 전개했다. 그 정도는 해야 탈로스의 가공할 물리력에 밀리지 않을 수 있었다.

슈수숙!

중검을 쥔 권산보다 탈로스의 장검이 길고 무거웠지만, 제인이 레이피어를 쥐었을 때만큼 검초의 운용이 매끄럽기 그지없었다.

권산은 연거푸 보법을 밟으며 용살검법 전반 36식을 응용하여 제인의 검술을 받아내었고, 검기 없이 내력을 주입한 검신으로 탈로스의 장갑을 두드렸다.

콰콰쾅!

과연 미스릴의 강도는 예사롭지 않았다. 상당한 내력을 주입해야 미스릴의 우그러뜨릴 수 있었는데 바로 장갑 아래 드래곤의 근섬유가 경화되며 충격을 상쇄해 도무지 유효타가 들어가지 않았다.

탈로스 갑옷은 완전히 조립될 시 바늘 하나 들어갈 만큼의 빈틈도 없다. 투구의 안구 부위도 예사롭지 않은 푸른 수정막에 덮여 있으니 검술의 정밀함으로 승부해 볼 수도 없는 것이다.

세인의 평소 근력을 알고 있는 권산은 탈로스가 과연 착용자 근력의 열 배를 증폭시켜 준다는 말을 믿을 수밖에 없었다. 제인의 평범한 찌르기가 보이는 파괴력은 절정고수가 작정하고 펼친 발경에 준할 정도였다.

어느 정도 검증이 끝났다고 여긴 권산이 몸을 뒤로 빼며 멈추려고 하는 순간 제인이 검을 곧추세우고 정신을 집중했다.

우웅!

탈로스의 마나 베슬 주변의 프레임과 장검에서 청색 빛이 마치 전기 회로처럼 기하학적인 문양으로 연결되더니 검에 오러 블레이드가 맺혔다.

그 놀라운 장면에 권산이 빙긋 웃으며 말했다.

"오러 블레이드까지 가능하다니."

"그냥 해봤는데 되네. 포스의 소모도 의외로 적어. 프레임 쪽에서 뭔가 작용이 일어나는 것 같아."

제인이 포스의 유동을 끊고 오러 블레이드를 거두자 장내를 밝히던 빛도 사라졌다. 칼리프가 제인에게 걸어가 탈로스 갑옷의 해체법을 이르자 제인이 어렵지 않게 갑옷을 열고 나왔다.

실로 놀라운 병기였다. 권산이 감탄한 어조로 칼리프를 보며 물었다.

"칼리프, 제인이 오러 블레이드를 쓸 수 있는 걸 보니 프레임과 장검에 오리하르콘이 쓰였군요."

"맞네. 초순도의 오리하르콘으로 포스의 길을 만들어서 장검까지 연결되도록 회로를 꾸몄지. 마나베스를 거치면서 엘릭서를 통해 포스를 증폭할 수도 있지. 아마 이 소드마스터 아가씨는 자신의 포스가 두 배 정도 강해진 것을 느꼈을 거야. 아닌가?"

제인이 활짝 편 두 손을 내려다보며 고개를 끄덕였다.

"그래요. 물리적인 힘은 최소 열 배 이상, 거기에 제 본신보다도 훨씬 강한 오러 블레이드를 사용할 수 있다고 직감했어요."

탈로스의 성능은 충분할 만큼 보았다. 이 병기를 양산하여 휘하 세력을 무장시킨다면 소수 정예의 병력으로도 일대 세력을 일으킬 여지가 충분하다는 판단이 불현듯 권산의 뇌리에 스쳤다.

'독점권을 사야 해. 마인호프의 방어용 병기로 머물기에는 아까운 물건이다.'

권산은 진중한 표정으로 칼리프와 오토를 연이어 바라보며 입을 열었다.

"이 탈로스를 우리 헬리오스에 독점적으로 공급해 주십시오. 드워프족이 바라는 충분한 대가를 지불할 용의가 있습니다."

칼리프가 수염을 쓰다듬으며 껄껄 웃었다. 병기 연구소의 장인인 그로서는 연구 성과를 인정받았으니 기분이 좋은 것이다.

"하하, 탈로스는 본토로 가져가도 황금 모루의 전당에 올릴 만한 명품이지. 자, 권산, 어떤 대가를 지불할 수 있는가? 자네가 신물질의 공급자인 것은 알고 있어. 하지만 그건 록스타와 이미 셈이 끝난 일이지. 한번 조건을 불러보게. 자유 연합이 이제 자네 편이긴 하네만 탈로스에 대한 권리는 엄연히 내게 있다네."

권산은 백민주와 서의지를 한 번씩 바라보았다. 그들로서도 탈로스의 위력을 봤으니 지금 권산이 제시하는 협상안이 얼마나 중요한지 아는 듯 굳은 표정이었다.

"마인호프에 닥친 위협, 영혼 없는 자들의 세력을 모두 제거해 드리겠습니다. 그들을 이 땅에서 완전히 사라지게 만들겠습니다. 이 정도면 독점권의 가치를 살 만하지 않겠습니까?"

"가능만 하다면야 그렇겠네만."

"가능합니다."

"좋아, 거래는 성사야. 보롬에게는 내가 말하지, 헬리오스의 왕 권산이여."

15장
비콘Ⅰ

　권산은 자유 연합의 메인 컴퓨터와 이데아에 접속해서 상호 간의 통신을 연결하고 낮은 보안 수준의 정보를 상호 교환했다. 자유 연합이 그동안 쌓아온 대륙의 정보가 고스란히 이데아에 저장되었으며 지구의 상황과 괴수 정보가 자유 연합에 공유되었다.

　위성통신을 통해 최종적으로 양자연구소까지 정보가 공유되고 나면 연구소가 한바탕 뒤집힐 것이 눈에 선했다. 그만큼 자유 연합이 쌓아온 화성 자료는 자연환경과 몬스터 생태, 종족별 문화, 세력에 대해 수십 년의 경험치가 쌓여 있었다.

권산이 아무리 열을 내고 노력해도 한 세대 내에서는 결코 얻을 수 없는 양질의 정보였다.

"권산, 비콘을 체험해 보겠나?"

"지금 바로 가능합니까?"

"물론. 내가 안내하지."

오토가 직접 연구소의 가장 심처로 일행을 안내했다. 그곳에는 푸른빛을 뿜어내는 마법진이 바닥에 새겨져 있었는데 친절하게도 방의 한쪽 편 대륙 전도에 비콘의 위치가 표시되어 있었다.

"오토, 이 마법진을 통하면 바로 반대쪽 비콘으로 공간 이동을 하게 되는 겁니까?"

"그렇다네."

"그렇다면 제 근거지 인근으로 이동한 뒤 근거지 내부에 추가적인 비콘을 설치하는 게 어떻습니까? 자유 연합 입장에서도 언제고 지구로 복귀하시려면 그게 유리하실 듯합니다만."

오토가 수긍하는 표정으로 고개를 끄덕였다.

"음! 비콘 마법석은 보통 귀한 물건이 아니지만 아직 몇 개 남아 있긴 하지. 과연 양자터널 옆이라면 설치할 만한 가치가 있어."

권산이 힘차게 고개를 끄덕이고는 렌즈 화면을 조작하며 오토에게 말했다.

"그럼 반대쪽 비콘 좌표에 우리 측 인원을 대기시키고 이동하는 게 좋겠습니다."

권산은 강철중에게 위성통신을 통해 지령을 내렸고, 고속정을 타면 실피르 강을 거슬러서 한 시간 내로 목표 좌표 인근까지 이동 가능하다는 회신을 받았다.

기다리는 한 시간 동안 권산은 제인에게 자신의 신분 내력과 목적에 대해 밝혔다. 성약을 구하기 위해 엘프의 땅에 왔다가 자유 연합을 만나게 되었고, 이 우연한 사건에 의해 화성 프로젝트가 급격하게 탄력을 받게 된 상황이다. 제인에게는 가급적 비밀을 지키려 했으나 더는 어렵게 되었다. 이제 동료로서 믿음을 얻으려면 제인에게 사실을 말할 수밖에 없었다.

"제인, 실은……"

제인은 권산의 정체나 목적에 대해 그리 대수롭게 생각하지 않았다. 기사의 그것과는 궤를 달리 하는 무술 체계 등 뭔가 이질적인 것이 많은 남자라고 느낀 건 오래된 일이다. 미드가르드에서 건너왔다고는 하지만 어차피 자신의 조상 역시 미드가르드 출신이다.

"보통 사람은 아닌 줄 알았어. 이미 신뢰를 주기로 했으니 앞으로도 믿을게."

강철중의 좌표 확보 메시지가 날아오자 일행 전부와 오토가 함께 비콘에 올랐고, 오토가 시동어를 외쳤다.

"비콘 텔레포트!"

마법진에서 광휘가 솟구쳐 오르고 룬어가 복잡하게 허공을 가로지르며 일행을 감싸 안은 순간, 아찔한 현기증과 함께 주변의 공기와 분위기가 갑자기 달라졌다.

우웅!

마법진의 빛이 사그라지자 일행은 남서쪽으로 수천 킬로미터를 이동하여 실리르 강 인근의 동굴 속에 모습을 드러내었다.

"대장, 잘 오셨습니다. 충성!"

"이야, 철중이가 먼저 했네. 이럴 때는 원숭이처럼 빠르단 말이야. 충성!"

진광이 익살스러운 목소리로 강철중의 옆구리를 치며 권산에게 경례를 올렸다.

"무탈하게 잘 있었겠지? 이분은 자유 연합의 리더 오토다. 상세한 건 조만간 올라올 양자연구소의 리포트를 읽도록 해. 먼저 화성 숙영지로 가자."

모두 동굴을 나서자 아르고 용병대원들이 보였다. 동굴 인근에서 몬스터 무리와 전투를 벌였는지 여기저기 잡다한 몬스터 사체가 널브러져 있었다. 그들은 강철중 휘하 지단에서 새롭게 받아들인 현지 용병들로 모두 상당한 품질의 장구류를 착용하고 있었다. 록스타 영감의 손길이 닿은 것이 분명했다.

    권산은 손을 들어 가볍게 인사하고 실피르 강 연안에 접안한 고속정에 올랐다. 강철중은 화성 숙영지에 이르는 수 시간 동안 그간의 용병대 인력 충원 현황과 영토 확장에 대한 보고를 들었다.

    "지단에 1백 명의 현지 용병을 받아들였습니다. 쌍도끼 칼라일의 용병단이 합류한 덕이 컸죠. 제 부관으로 임명해 지금 천단과 함께 동쪽 방면으로 진출해 있습니다. 열 개 부락의 개척촌과 유대 관계를 맺고 통신망을 구축했습니다. 인구로는 5백여 명 정도 됩니다. 민 실장 말로는 전체 부락 중 반 정도를 한 것 같다더군요."

    고속정이 화성 숙영지에 도착하자 강철중은 용병대원들에게 고속정에서 대기하라 명했다.

    "아이고, 단장. 언제쯤 여기서 하선할 수 있는 거요?"

    "좀 더 기다려. 그건 네놈 짬으론 무리다."

    "쳇! 얼마나 귀한 걸 숨겼기에 그러시오?"

    용병이 강철중에게 툴툴대었다. 지단의 용병들과 진광 휘하 단원들은 고속정에 남고 나머지는 하선했다. 미리 연락을 받은 민지혜와 김요한 박사가 마중을 나와 있었다.

    "반갑습니다, 알버트 오토 박사님. 권산 님의 서포터인 민지혜입니다."

    "반갑소. 김요한이라 합니다."

오토는 이색적인 눈길로 민지혜를 바라보았다. 그의 풀 네임에 대해서는 권산에게 알려준 바가 없건만 이리 말하는 것을 보니 지구 어딘가에 남아 있는 자신의 프로필을 찾아낸 것이리라.

"내 기록 찾아내느라 고생했겠군, 지혜 양."

"그렇게 어렵진 않았어요. 워낙 유명하셨잖아요. 엑소더스 선에 오른 이들 중에 그렇지 않은 이들도 없긴 하지만요."

오토는 머쓱한 표정을 지으며 민지혜의 안내를 따라 화성 숙영지를 한 바퀴 돌고 양자터널을 살펴보았다. 일렁이는 화염 너머로 지구의 공기가 느껴지는 듯했다.

"아아, 저곳이 지구. 혹시 바로 넘어가 볼 수 있을까?"

김요한이 답했다.

"기술적으로야 문제될 게 없지만, 메디컬 체크를 먼저 해보셔야 합니다. 노령인 데다 지구는 방사능 수치가 높거든요. 양자터널의 지구 쪽 출구는 상대적으로 방사능이 적긴 하지만 그래도 방사능에 어느 정도 적응한 지구인이 아니기 때문에 조심하셔야 합니다."

"아, 그렇겠네. 그럼 비콘을 먼저 설치하지."

민지혜가 적당히 봐둔 곳이 있는지 양자터널에서 멀지 않은 거나란 강딩으로 일행을 인솔했고, 오토는 그곳의 중심부에 비콘의 수정을 놓고 시동어를 외쳤다.

수정에서 빛의 문양이 떠올라 주변의 원형으로 맴돌더니 바닥에 깊은 상흔을 남겼고, 이내 음각된 바닥에서 푸른 광선들이 뿜어져 올랐다. 비콘이 활성화된 것이다.

"되었네. 이게 제21비콘이야. 시동어를 외친 자가 비콘의 번호를 떠올리고 있으면 바로 그곳으로 순간 이동 하게 되어 있지."

순간 이동 장치의 유용함이야 이루 말할 수 없을 정도이다. 화성의 주요 도시 간 이동을 획기적으로 줄여주며 여정 중에 몬스터를 만날 리스크를 없애준다. 엘릭서의 소모가 막대하다는 단점이 있다지만 이 비콘의 가치는 대단할 것이 분명했다.

"그럼 이 시점에서 내가 제안하고 싶은 것이 있네, 권산."

"무엇을 말입니까?"

"우리 자유 연합이 드워프족의 신세를 진 지는 무척 오래되었지. 슬슬 벗어날 때도 되었네. 동맹을 위해 새로운 터전을 제공해 주지 않겠나?"

"새로운 터전이라면 이곳 화성 숙영지로 자유 연합의 인원과 설비를 이전시키고 싶단 말씀인지요?"

오토가 턱을 쓰다듬었다.

"흠, 그것도 하나의 안이 되겠지."

"동료들과 잠시 의논해 보겠습니다. 저도 동맹이 가까운 곳에 있다면 좋겠지만, 화성 숙영지는 그렇게 넓은 곳이 아닙니다. 자유 연합의 인원보다는 자유 연합의 시스템과 설비를 옮기는 게 난제가 될 듯하군요. 한 시간 정도 뒤에 답을 드리겠습니다. 그사이 메디컬 테스트를 받으시죠."

"알겠네."

그때 가만히 서 있던 제인이 권산에게 다가와 물었다.

"지구에 가려면 메디컬 테스트를 받아야 하는 거지?"

"맞아."

"그럼 나도 받을 수 없겠어?"

"네가?"

"그래, 기회가 된다면."

권산이 고개를 끄덕였다. 화성에서 번성한 인류의 후손으로서의 생체 정보도 중요한 정보일 듯했다. 물론 제인의 힘이 앞으로 어디까지 필요할지 모르니 그녀가 방사능이 창궐한 지구에서 얼마나 버틸 수 있을지는 확인해 봐야 한다.

오토와 제인이 사라지자 권산은 김요한과 민지혜를 보며 말했다.

"화성 숙영지에 자유 연합을 받아들일 수 있습니까?"

김요한이 고개를 저으며 답했다.

"건축물이야 짓기 나름이고 인원은 50명 정도라면 사실 큰 무리는 없네. 그런데 동맹을 맺는 건 말 한마디로 끝날 수 있지만 우리와 그들은 아직 신뢰가 부족해. 화성 숙영지의 전략적 가치로 보자면 너무 일찍 우리의 대문을 열어주는 격이지. 난 반댈세."

이번에는 민지혜가 입을 열었다.

"제 의견 역시 마찬가지예요. 아직까지 그들을 의심할 만한 합리적인 단서는 없지만, 그래도 일단 조심은 해야 한다고 생각해요. 여기 비콘을 설치한 강당은 본래 대형 몬스터를 연구할 목적으로 지어진 곳이에요. 두께 1미터의 강철 벽으로 완벽하게 밀폐시킬 수 있고 가스를 주입해 내부의 생명체를 통제할 수 있어요. 만약 자유 연합이 배신을 하고 비콘을 통해 공격하더라도 방어가 가능하죠. 하지만 그들을 내부에 받아들이면 화성 숙영지의 병력으로는 탈로스 한 기도 제대로 방어할 수 없을 거예요."

묻기는 했지만 권산의 생각 역시 마찬가지였다. 자유 연합이 드워프의 연구소에서 이탈해 어딘가 접근성이 용이한 장소로 이전하는 것은 대찬성이지만, 화성 숙영지로 받아들이기엔 아직 신뢰 관계가 부족한 것이다.

"내 의견 역시 마찬가지야. 그럼 자유 연합이 우리 헬리오스의 수도로 먼저 들어가는 건 어때? 민 실장이 장소를 찾아냈다면 말이야."

민지혜가 환한 미소를 지었다.

"저를 뭐로 보시고. 호호, 아직 보고는 못 했지만 찾았어요. 배산임수의 기가 막힌 곳이요. 지금은 투견 씨가 그곳을 거점으로 두고 임시 막사를 설치한 곳이죠. 한번 보세요."

민지혜가 단말기를 꺼내 지도를 키우고 권산에게 밀자 권산의 렌즈 화면에 화성의 위성 지도와 좌표계가 한 화면에 뜨며 눈앞에서 확대되었다.

'과연 지리적으로 완벽하다.'

실피르 강과의 접근성, 화성 숙영지와의 거리, 지형적인 방어 라인, 도시 확장성, 주변의 드넓은 평야.

북쪽의 길쭉한 험산이 북쪽 방어선, 남쪽의 실피르 강 지류가 남쪽 방어선이 된다. 도시 하나가 충분이 들어갈 정도로 땅이 넓었으며 다리를 건설해 강을 건너면 넓은 농토 개간이 가능한 평야가 나타난다.

"좋아, 이곳으로 결정하지. 도시 이름은 뉴어스로 하겠어. 자유 연합을 중간 매개로 해서 드워프에게 도시 건설을 의뢰하자. 우리의 지금 인력만으로는 뉴어스의 건축이 어려우니까."

"그건 그래요. 그럼 뉴어스는 자유 연합을 입주시키는 것으로 시작해요. 도시는 아무래도 이곳의 문명 수준에 맞게 중세풍으로 지어야 할 테지만 그렇다고 생활에 불편함이 없도록 설계해 보라고 진성그룹의 도시 설계 전문가들을 닦달해 볼게요. 그런데 드워프족이 우리의 의뢰를 받아들일까요? 그게 관건인데요. 드워프가 뉴어스의 건축을 맡아줘야 자유 연합의 이주도 성사될 테니까요."

"드워프들이 원하는 것을 일부 줘야겠지. 이를테면 신물질의 원천인 괴수의 유전 정보 같은 것 말이야. 소수의 드워프를 양자터널을 통해 호리곡으로 들어오도록 하고, 그곳에서 지구의 괴수를 체험시켜 주면 더 좋겠지. 일만 잘 성사되면 드워프족에게 호리곡의 공사까지도 맡길 수 있을 테니 일석이조가 될 거야."

민지혜가 흥미롭다는 듯 눈을 찡긋거렸다.

"가능성이 있어 보여요. 그럼 이번에는 제가 드워프를 만나 직접 협상을 할게요. 서포터로서 권산 님의 일을 좀 덜어드려야죠."

"기대하지."

메디컬 테스트를 마친 오토와 제인이 돌아오자 권산은 오토에게 뉴어스 계획을 설명하고 첫 번째 입주자가 되길 청했다. 화성 숙영지와도 가깝고 앞으로 헬리오스의 수도가 될 것이라 하니 오토도 긍정적인 입장이었다. 드워프의 세력에서 나오면 드워프가 지금껏 제공한 재정과 에너지 지원이 끊기기 때문에 헬리오스가 이를 대체해 주는 것만 해도 자유 연합 입장에서는 큰 이득일 터였다.

메디컬 테스트 결과가 즉시 나오지 않기 때문에 일단 권산 일행과 민지혜, 오토는 비콘에 올라 자유 연합의 근거지로 귀환했다. 수 개월이 걸려 도보로 이동할 거리를 이렇듯 순간이동 장치를 통하니 그 편리가 몹시 대단했다.

그곳에서 권산은 칼리프에게 민지혜를 소개했다.

"이 드워프는 이곳 병기 연구소의 장인 칼리프, 이쪽은 제 동료인 민지혜입니다. 우리 헬리오스와 마인호프 사이에 맺어지는 맹약은 모두 민지혜와 협상하시면 되니 부디 보름을 만나실 적에 대동해 주십시오."

"아주 지적이게 생긴 숙녀로군. 자네의 측근인 듯하니 그러도록 하지. 그럼 영혼 없는 자들을 어떻게 물리칠지 한번 들어볼까?"

권산은 GS시리즈의 차가운 금속바디를 뇌리에 떠올리며 입을 열었다.

"영혼 없는 자들은 본디 지구에서 온 것들입니다. 게오르그 슈미트사라 불리는 지구의 한 군수회사의 군용 병기들이죠. 저 로봇들이 화성에 있는 건 아마도 모종의 4차원 통로를 통했다고 밖에는 생각할 수 없어요. 이를 종합한 결과 저 적들을 물리치는 방법은 총 세 가지 정도로 뽑아볼 수 있습니다."

칼리프가 흥미롭다는 표정으로 되물었다.

"3가지나 말인가?"

"네. 첫째 4차원 통로를 파괴하거나 확보하는 것. 둘째, 지구로부터 비롯되는 그들의 명령, 통신 체계를 파괴하는 것. 셋째, 로봇의 구동에 필요한 에너지 시설을 파괴하는 것입니다. 어떤 안이든 성공만 한다면 놈들을 무력화시킬 수 있죠."

"옳거니. 일리가 있군. 그런데 어느 쪽이든 쉽지는 않을 터. 자네 동료들에게 그만한 능력이 있어야 할 텐데."

"능력이야 자신할 수 있지만, 일을 확실하게 하자면 도움이 좀 필요합니다. 어떤 안으로 갈지는 직접 정찰을 해봐야 결정할 수 있습니다만, 솔직히 드워프가 수집한 정보 수준으로는 적의 역량을 가늠하기 힘듭니다."

칼리프가 턱수염을 쓰다듬으며 고민에 빠졌다. 손대지 않고, 코를 풀 수 있다면 참 좋겠지만, 권산의 말도 일리가 있다.

"어느 정도 수준으로 말인가?"

"이 일에 머릿수는 무의미합니다. 우선 현재 제작된 탈로스 4기를 지원해 주십시오. 그리고 제 동료들이 착용할 기체를 제외하고 소드 마스터급 드워프 위주로 2명을 더 선발하여 탈로스를 지급해 주십시오."

"흠. 총 6기라… 마침 마인호프에 소드 마스터급이 2명이 남아 있다는 것을 알고 말하는 것 같군. 어째서 하필 두 기가 더 필요한가?"

마인호프의 모든 드워프들이 홀에 모였을 때 펼친 기감으로 권산은 두 명의 소드 마스터급이 남아 있다는 것은 이미 알고 있던 바였다. 한 명은 퇴로 확보, 한 명은 적을 유인하는 임무를 맡아줘야 했다. 잠입은 권산과 제인, 단 둘이 할 생각이었다.

"그건……."

칼리프는 권산의 설명을 듣고 마침내 결정을 내렸다. 최소 자원으로 최대 효과를 거둘 만한 작전이니 해볼 가치가 있다 판단한 것이다.

"보롬에게 말하러 가지. 거기 지혜 양도 동석하게."

권산이 민지혜를 보며 고개를 끄덕였다. 이제부터는 그녀가 맡기로 한 영역이었다.

"그럼 저는 탈로스에 적응을 좀 하죠. 드워프 용사들이 정해지면 이리 보내주십시오."

권산은 연구소에서 탈로스를 착용하고 육체와의 일체감을 끌어내는 훈련에 집중했다. 제인 역시 탈로스를 입고 권산과 대련을 하며 순발력을 끌어내는 특유의 포인트를 잡아냈다. 서의지와 백민주 역시 탈로스를 착용하고 구동 훈련을 반복했다.

권산은 탈로스의 근력 증폭이 동작의 임팩트 시점에 극대화됨을 깨닫고 통천권을 시전해 보았다. 발경이야 말로 임팩트 타격의 정수였기 때문이다.

콰앙!

"와우! 권산, 대단한데."

두께 2미터의 철판이 우그러져서 구멍이 났다.

"후우."

기공을 전개해 탈로스의 몸체를 강화시키지 않았다면 탈로스의 프레임 역시 손상되었을 터였다.

'이만한 증폭력을 보이다니… 드래곤의 근섬유는 정말 대단하군. 만약 파산경을 쓴다면 상상도 못 할 위력이 나올 터. 어쩌면 암천마제를 잡을 비책이 될지도 모른다.'

"민주는 여기서 대기하고, 의지는 따라와 줘."

권산과 제인, 서의지가 탈로스를 기동시키며 지상 통로로 올라갔다.

"이데아, GS 광산의 위치까지 경로를 보여줘."

-네. 북서쪽으로 50㎞ 위치예요. 위성 분석 결과 40㎞ 지점부터는 적들의 정찰 라인이 구축되었을 가능성이 커요.

평상시라면 권산은 몰라도 제인과 서의지가 뛰어가기에는 먼 거리다. 하지만 탈로스의 능력이라면 장거리라고 볼 수도 없었다.

"자, 뛰어가지."

세 기의 탈로스가 흙먼지를 뿜어내며 40㎞를 달려갔다. 한 걸음에 20미터씩 쭉쭉 땅을 밀어내며 10분 만에 목표 지점에 도달했다.

"서의지, 정찰 보고."

"네, 대장 형님."

서의지가 바위 몇 개가 뭉쳐서 만들어진 고지대에 올라 정찰 영상을 담아 렌즈 화면을 공유했다. 과연 정기적으로 보초 로봇이 돌아다니고 있었다.

"적들의 정찰 패턴을 파악할 때까지는 여기서 대기할게."

16장
비콘II

바위틈에 탈로스를 숨기고, 꼬박 2시간을 기다리자 보초 로봇의 패턴이 파악되었다.

"오늘은 정보 파악이 우선이야. 발각되면 본작전에도 영향이 가니 신중해야 해. 보초의 패턴으로 봐서 1시간의 주기로 10분 정도 돌입할 틈이 있어. 첫 타이밍에 돌입하고, 두 번째 타이밍에 철수한다. 의지는 이곳에서 놈들의 동태를 계속 살펴줘."

일몰이 막 시작된 참이다. 주황빛 노을과 화성의 황토색 대지가 땅과 하늘의 분간을 흐리게 했다. 권산과 제인은 탈로스에 흙을 끼얹어 표면에 흙빛 위장을 하고, GS 광산의 정찰 라인을 고속으로 돌파했다.

10㎞ 정도를 더 전진하자 과연 직경이 2㎞가 넘는 대형 노천광산이 나타났다. 노천광산 주변은 파낸 흙더미가 산처럼 쌓여 일종의 분지처럼 변해 있었다.

"저기로군."

노천광산의 소용돌이치며 내려간 비탈길의 시작점에는 대형 건물이 다수 존재했다.

"권산, 적들의 4차원 통로를 먼저 찾아야 하지?"

"그래."

"저 건물 중에 있을까?"

"그럴 가능성이 크겠지. GS사는 이곳에서 채굴한 자원을 4차원 통로를 통해 지구로 반출하고 있을 거야. 그렇다면 제련소를 이곳에 두고 순도 높은 금속만 추출해서 금속덩이의 형태로 만들어서 보내는 게 효율적이겠지. 그렇다면 4차원 통로는 그 제련소 내부에 있다고 보는 게 합리적일 거야."

권산은 거대한 굴뚝으로 증기를 뿜어내는 건물을 가리켰다. 외견만으로도 제련소로 보였다.

"저곳은 경비가 유독 삼엄하군."

"그럼 두 번째는 놈들의 통신 체계를 무력화시키는 거였지?"

"그래. 조금 더 접근해 보자."

500미터를 더 접근한 뒤 땅을 파고 은폐했다. 제련소에 가려 보이지 않던 송수신 안테나가 서서히 모습을 드러났다.

"저곳이군. 저곳이 지휘소야."

건물이 가까워지자 건물 외벽과 각종 설비들의 조립 상태가 눈에 들어왔다. 하나의 자재당 한쪽 길이가 반드시 10미터를 넘지 않았다. 그것으로 권산은 GS사가 가진 4차원 통로의 크기가 10미터 정도라고 추정했다. 이는 화성 숙영지를 건설할 때 양자터널의 크기 때문에 진성그룹이 자재를 조각내서 반입하고, 조립한 것을 보았기 때문이다.

'저만한 건물을 조립하려면 GS사도 고생깨나 했겠군. 그런데 GS사의 직원들은 전혀 보이지 않아. 모든 것이 기계화, 자동화되어 있어. 정말 한 명의 인간도 넘어오지 않은 것일까? 있다면 지휘소인데… 지휘소는 다수의 인력이 상주할 만큼 커 보이진 않는군.'

"권산, 마지막은 에너지 시설이야."

권산은 남은 건물을 세심히 둘러보았다. 그러나 발전소와 같은 에너지 시설은 보이지 않았다.

"이곳에는 없는 것 같아. 아마 이 근방 지하에 있을 듯하군. 여긴 메마른 땅이야. 저기 제련소에서 뿜어내는 증기를 보면 어딘가에서 물을 끌어오고 있다는 뜻. 가까운 강을 찾아서 그곳부터 역추적해야겠어. 이곳 광산의 정찰 범위 바깥이라면 공략하기에 가장 수월할 수 있겠지. 일단 여기까지 하고, 빠져나가자."

권산과 제인이 행로를 되짚어 나가려 할 때 서의지로부터 다급한 무전이 도착했다.

—큰일이에요. 보초들의 움직임이 심상치 않습니다. 사방에서 모여들고 있는데 아무래도 발각된 것 같아요. 진입하신 루트가 폐쇄되고 있어요.

'이런!'

권산의 뇌리는 빠르게 회전했다. 진입로가 폐쇄된다는 건 어떤 수단으로든 적의 탐지에 걸렸다는 것. 사방에서 GS시리즈가 조여들고 있을 것이 뻔했다.

"의지, 너도 위치를 이탈해. 그리고 10㎞ 거리를 유지하며 적들의 동태를 계속 주시해 줘. 발각될 시 단독으로 퇴각해. 이데아는 지금 위성을 동원해서 최적 탈출 루트를 알려줘."

이데아가 수 초 만에 퇴각 루트를 렌즈 화면에 띄웠다. 시시각각 상황이 바뀌는지 푸른 화살표로 표시된 루트가 수시로 변경되었다.

"제인, 따라와. 전속력이다."

이데아의 루트는 오히려 건물군을 관통해서 북쪽으로 빠져나가도록 지시하고 있었다. 그야말로 정반대 방향이다. 창고로 보이는 건물을 막 지나쳤을 때 세 대의 GS—1이 덮쳐 왔다.

GS—1은 검투사가 연상되는 특유의 장갑에 방패와 검을 들고 있었는데 방패를 어깨에 대고, 온몸을 날려 밀어붙여 왔다.

권산은 반 박자 빠른 보법으로 전면의 GS—1에 바짝 다가서며 방패의 상단과 하단을 붙잡고 그대로 엎어치기와 같이 몸을 뒤틀면서 힘의 중심을 뒤로 흘렸다.

부아앙!

너무도 가볍게 GS—1이 떠오르며 뒤로 날아갔고, 다른 2대의 옆을 덮쳤다. 권산의 뒤로 제인이 민첩하게 따라붙자 뒤도 돌아보지 않고, 다시 뛰었다.

GS—1에 경량화기가 장착되어 있었다면 등 뒤가 벌집이 됐겠지만, 아쉽게도 화성에서 화기를 운용할 수 없는 건 GS사 역시 마찬가지인지라 오로지 전투 로봇의 물리적인 전투력만을 신경 쓰면 되었다.

제련소 건물의 코너를 다시 돌자 두 기의 GS—2가 나타났다. 2미터 크기와 GS—1과는 달리 2.5미터의 전장에 두꺼운 장갑을 가져 탈로스를 착용한 권산보다도 컸다. GS—2 2기는 거대한 워해머를 휘두르며 권산의 퇴로를 막았다.

"제인, 하나씩 맡자."

"응!"

권산이 좌측의 GS−2에 짓쳐들며, 검을 뽑는 순간 수평으로 워해머가 날아들었다. 소리나 풍압으로 보아 어지간한 갑옷은 한 방에 우그러뜨릴 수 있는 위력이 느껴졌다.

미끄러지듯 발꿈치의 힘으로 전진하며 허리를 90도 꺾는 철판교의 신법이 펼쳐졌고, 해머가 가슴 앞을 스쳐 가자마자 권산은 회전력으로 상체를 일으키며 옆구리에 거검을 박아 넣었다.

끼이잉!

날카로운 쇳소리와 함께 검이 절반쯤 진행되다 멈췄다. 검기로 장갑은 뚫어냈으나 초합금으로 제작된 골격에 걸려 더는 뚫리지 않았다. GS−2의 연속된 주먹질까지 피한 권산은 기공을 집중하여 검 끝에 검강을 피워 올렸다. 검강이 솟구치자 GS−2의 내부가 터져 나가며 흰색 연기가 모락모락 몸에서 올라왔다.

옆으로 고개를 돌리자 제인과 GS−2가 격렬하게 싸우고 있었다. 수차례 제인의 검에 관통당한 듯 장갑이 엉망이 되었지만, 역시 결정타를 먹이지 못하는 모양새였다.

권산을 일단 자신이 처리한 GS−2의 워해머를 집어 들고 몸을 두 바퀴 회전하며 워해머를 뒤로 투척했다.

워해머는 50미터를 날아가 쫓아오는 GS−1 세 기를 날려 버렸다. 수초의 시간을 벌 목적이었다.

"제인, 발만 묶자."

권산의 외침에 제인이 다리를 쫙 펴며 위해머를 피함과 동시에 극도로 정신을 집중한 날카로운 검기를 끌어내며 GS—2의 무릎을 관통시켰다.

푸캉!

로봇 관절은 예민한 부위로 전투 로봇의 약점이라 할 만한 부위였다.

GS—2가 무게를 못 이기고 한쪽으로 기울자 둘은 쓰러진 GS—2를 무시하고 다시 속도를 올렸다.

막 지휘소 옆을 지나서 평원으로 나가려고 할 때 지휘소 건물 높은 곳에서 검은 그림자 여럿이 뛰어내려 권산의 앞을 막아섰다.

검은 장포에 온몸을 감싼 인간의 형상. 간혹 드러난 메마른 피부와 퀭한 안구. 천경그룹 황 박사의 이모탈이었다.

'다섯… 어려운 싸움이 되겠구나. 이모탈의 신법은 탈로스의 가속력 못지않아. 나는 몰라도 제인은 반드시 따라잡힌다. 한두 합 이내 승부를 못 내면 포위당하겠지.'

권산이 은연중 내공을 끌어 올리며 용살검법 후반식을 전개하려 할 때 지휘소에서 한 기의 로봇이 걸어 나왔다. 크기는 2미터로 평범했으나 GS—1도 GS—2도 아닌 처음 보는 디자인의 백색 로봇이었다.

"대단하군, 대단해. 드워프족의 기술력은 나로서도 감탄할 지경이야. 그 안에는 드워프 전사가 타고 있겠지? 용맹한 땅의 후예여. 우리 인간의 말을 알아듣는다는 걸 알고 있다. 이것도 인연인데 서로 통성명을 하는 게 어떻겠나?"

로봇의 스피커를 통해 나온 음성은 권산도 익히 들어본 목소리였다. 바로 게오르그 박사의 음성이다.

―게오르그 박사와 99.5% 일치율을 보이고 있어요, 주인.

탈로스의 방식과 비슷하게 탑승하고 있는 것인가 했지만, 기감에 아무런 생명체의 기운도 느껴지지 않는 것을 보면 그것은 아닌 듯했다.

권산은 짐짓 모른 체하며 되물었다.

"나는 칼리프다. 우리 드워프는 영혼 없는 자들과 대화하지 않는다. 네게는 아무런 생명의 냄새가 나지 않아."

로봇은 흥미롭다는 듯 한 손가락으로 머리를 툭툭 두드리며 말했다.

"정말로 인간의 언어를 유창하게 구사하는군. 신기한 일이야. 내 이름은 스키마다. 네 말대로 생명체의 영혼은 없지. 나를 만들어낸 제작자가 자신의 두뇌 의식을 백업해서 인공지능으로 재창조해 낸 것이 바로 나다. 생명체의 영혼은 없어도 기계의 영혼은 있다고 변명하고 싶군, 드워프여."

'게오르그 박사가 자신의 의식으로 이 기체의 인공지능을 창조했군. 이 인공지능이 기체가 이곳의 리더인가?'

정황으로 봐서 스키마는 권산을 바로 죽일 의도는 없는 듯 했다. 서의지의 보고와 이데아가 계속 업데이트해 오는 위성 사진으로 권산은 이미 포위망 돌파가 어렵다고 판단했다. 그렇다면 스키마의 성향을 파고들어 탈출의 기회를 잡아낼 도박을 걸어봐야 했다.

"스키마, 너흰 미드가르드에서 왔지? 그런데 어째서 미드가르드의 인간은 보이지 않는 건가?"

"오호! 내게 정보를 캐내겠다는 건가? 좋지, 좋아. 어쩌면 드워프와 우리는 상부상조하는 관계가 될지 모르지. 호의를 베푸는 의미에서 답해주겠다. 내 제작자는 이곳에 오지 않은 게 아니라, 못 온 것이다. 지구와 화성을 이어주는 비프로스트 게이트는 생명체의 통과가 불가능하니까."

"비프로스트 게이트?"

"너희 드워프는 알고 있을 줄 알았는데? 행성을 잇는 신족의 유산 말이다. 우리는 그걸 통해 화성으로 넘어왔지. 게이트로 생명체를 이동시키면 어째서 인지 바로 죽어버리더군. 내 제작자는 유기물로 된 세포는 넘어가는데 영혼이 따라가지 못한다고 그 답지 않게 비과학적인 견해를 내냈지. 어찌 되었든 그 덕에 내가 창조되었다."

권산으로서는 한 가지 의문이 풀린 셈이었다. 권산은 흐름을 놓치지 않고, 손을 들어 이모탈을 가리켰다.

"저자들은 생명체가 아닌가?"

"아니지, 아니야. 한때는 살아 있었지만, 지금은 내 통제에 따르는 인형에 불과하지. 이 세계에서는 언데드로 분류하는 것 같더군."

인간은 안 되도 이모탈은 비프로스트 게이트 통과가 가능한 모양이었다. 이것이 GS사가 천경그룹과 손을 잡고 이모탈을 지원받은 내막인 모양이었다.

"우릴 바로 죽일 수 있을 텐데 어째서 잡담이나 하는 것인가, 스키마."

"항상 정곡을 찌르는군, 드워프여. 내가 제안을 하나 하지. 내 제작자는 드워프의 공학 기술을 몹시 궁금해해. 네가 착용하고 있는 그 외골격 슈트 하나를 내게 넘겨라. 그것도 온전히 말이야. 상당한 테크놀로지의 흔적이 엿보이니 제작자도 좋아하겠지."

"싫다면?"

"그럼 죽어야지. 슈트야 좀 파괴되겠지만……."

권산은 게오르그 박사가 승부욕에 남다른 면이 있다는 것을 떠올렸다. 스키마가 같은 성향을 가졌다면 써볼 만한 계책이 있었다.

"그럼 내기를 하자, 스키마. 나는 드워프족 제일의 용사. 네 부하 중 제일가는 용사와 대결을 하겠다. 내가 진다면 여기 내 슈트와 동료의 슈트 모두를 주지. 하지만 내가 이긴다면 우릴 놓아줘."

스키마는 권산의 제안을 학습된 알고리즘 회로로 다각도로 연산했다.

'거절 가능 판정.'

적의 기체가 2기나 되니 격전 후 조금 파괴되더라도 양쪽을 비교하면 적용된 기술을 거의 완벽하게 해석할 수 있다. 그러나 왠지 스키마의 인공지능의 판단은 비논리적인 쪽에 더 흥미를 느꼈다. 이는 게오르그 박사의 의식이 이 인공지능의 베이스였기 때문에 나오는 결론이었다.

'대결을 시켜보고 싶다. 그래야 저 슈트의 출력을 알 수 있겠지. 결과도 궁금하고.'

스키마가 승낙 사인을 하자 포위하고 있던 GS시리즈와 이모탈들이 분분히 물러났다.

"잠깐!"

권산이 손을 들어올리며 스키마를 바라보았다.

"이곳에서는 안 돼. 너를 신용할 수 없다. 평원의 경계까지 이동해서 대결하겠다."

"좋을대로."

북쪽 평원의 경계 지점까지 나가자 도주로가 한눈에 보였다. 만약 일이 틀어지더라도 몸을 빼기 용이한 위치다.

"그럼 나와 대결할 용사는 누구지?"

스키마가 손을 들어 올리자 모여든 수십 명의 이모탈 무리에서 하나의 이모탈이 나타났다. 독특하게도 검을 들고 있는 푸른 장포의 이모탈이었다. 상대적으로 보존이 몹시 잘되었는지 피부는 건조했지만, 미이라화되지 않았고, 모발과 이목구비도 구분할 수 있을 정도였다.

놀랍게도 권산도 익히 본 적이 있는 이모탈이었다.

'검신룡 조사!'

용살문 37대 조사로 용살검법 후반 3식의 창안자이자 역대 다섯 손가락 안에 드는 고수인 바로 그였다. 언젠가 암천비원에서 '실험체 231'이라는 이름으로 냉동 보관된 그를 본 적이 있었다. 암천비원에서 흔적이 사라진 뒤 반쯤 포기한 상황이었는데 마침내 화성 땅에서 다시 만나게 된 것이다.

'검신룡 조사님은 확실한 유궁의 경지. 거기다 내 불완전한 용살검법 후반 3식과는 달리 완성된 검식을 익힌 고수다. 단순 육신의 대결로는 내가 이길 가능성이 2할도 되지 않는다.'

권산은 모든 수단을 끌어내야 함을 깨달았다. 정정당당한 무인의 대결이 아니더라도 지금은 검신룡 조사를 꺾고 그의 육신을 무로 회귀시키는 게 더욱 중한 일이다.

'내공 증폭이 우선이다.'

홍런이 준 내단석이 내단 증폭 벨트에 끼워져 있었지만 탈로스를 착용해서 레버를 돌릴 수가 없다. 권산은 남모르게 한숨을 쉬며 허공섭물의 재주를 응용해 기공의 힘으로 레버를 2단으로 돌렸다.

'2배 증폭.'

오랜만에 벨트를 사용해서 그런지 단전에 채워지는 4갑자의 내공이 몹시 충만했다. 목숨을 건다면 6배까지 증폭이 가능했지만, 이 정도가 부작용 없이 사용할 수 있는 최대 한도였다. 뇌신의 비전점혈을 통해 다시금 두 배로 증폭시킬 수 있었지만, 안타깝게도 점혈이야 말로 탈로스를 착용한 이상 불가능한 일이다. 검신룡 조사는 고래로 전수되던 용살검법을 한 단계 발전시켜 극강의 필살기인 후반식을 창안한 천재였다. 권산이 유궁의 경지에 올랐다지만 살아생전의 검신룡에게는 한 수 접어야 할 것이다.

'하지만 그의 육신은 죽어있다. 본능에 의해 무술을 펼칠 뿐. 임기응변과 창의력이 있을리 없지.'

권산은 탈로스의 장검을 뽑았다. 헌터 시절 쓰던 무라사키 대검 수준으로 거대한 검이었다. 탈로스의 출력에 맞춰 제작한 모양이었다. 바람이 부는 평원에 어둠이 내려앉자 GS시리즈의 헤드 랜턴에서 내뿜는 라이트가 사방을 밝혔다. 그 빛과 어둠의 틈새에 검신룡이 한 자루 검을 들고 서 있었다. 시각을 잃은 이모탈 검객은 본능에 의해 권산이 움직이는 방향으로 조금씩 몸을 틀었다.

초수는 검신룡이었다. 그의 우수가 번개처럼 움직이며 권산의 미간을 향해 검첨을 휘둘러 왔다. 이모탈의 굳은 관절이 만든 것이라고는 믿을 수 없이 경쾌한 쾌검.

쐐액!

권산은 검면을 상단으로 끌어 올리는 것만으로 진로를 점했다. 간결한 방어 동작으로 주요 급소의 90%를 차단한 것이다.

'대검도 잘 쓰는군, 권산.'

제인이 눈을 빛내며 계속 둘의 움직임을 살폈다. 검신룡은 잔상이 일 정도로 화려한 보법을 펼치며 권산에게 끊임없는 검초를 전개했다.

용살검법의 투로임에는 분명했으나 초식을 워낙 자유자재로 쪼개서 사용하니 마치 무초식처럼 느껴졌다. 일방적인 공격과 방어였다. 권산은 회피는 거의 하지 못하고 검과 슈트의 장갑을 이용한 방어로 검신룡의 검에 대응하며 틈을 노렸으나 백초가 진행되도록 빈틈은 전혀 찾을 수 없었다.

'이대로는 교착이다. 역시 도박은 필요한 상대겠지.'

권산은 허리춤에 의도적으로 빈틈을 만들었다. 그 순간 검신룡의 검에서 세 개의 광채가 솟구치며 낫과 같이 검이 휘어져 들어왔다. 분명 권산도 아는 초식이다. 수만 번이나 연습한 용살검법 전반식 중 하나인 쾌형삼식(快形三式)이다.

권산은 이형보를 극한으로 발휘하며 검신룡의 우측면을 점하며 똑같은 쾌형삼식을 펼쳤다. 똑같이 세 가닥의 검기가 동시에 상체를 쓸어갔지만, 검신룡의 그것과 같이 휘어지는 검기와 같은 모양은 없었다. 검신룡은 이형보의 움직임은 따라잡지 못했지만, 검을 급히 끌어당기며 쾌형삼식의 방향을 뒤틀었다. 또다시 검기가 휘어지며 권산의 초식과 충돌했다.

콰콰쾅!

'쾌형삼식은 쾌검의 직진성이 강해 연환기로는 적절치 않은데 검기로 저렇게 변형할 수 있구나.'

서로 거리를 두고 물러나자 검신룡의 고개가 갸웃거리는 게 보였다. 용살검법에 용살검법이 대적해 오자 본능적으로 이상함을 느낀 것이다.

검신룡과 권산은 용살검법을 서로 펼치며 다시 맞붙었다. 검신룡은 살기를 뿌리며 무지막지한 쾌검과 검기를 줄기줄기 뽑아냈다. 면면부절하게 검기가 2장도 넘게 솟구치며 사방 10미터의 공간에 검기의 섬광과 폭음이 쉴 새 없이 터져 나왔다.

쿠콰콰쾅!

권산은 안간힘을 쓰며 검신룡의 용살검의 허실을 찾아내려

했지만, 초식 면에서는 여실히 한 수 아래였다. 그래도 증폭된 내공과 탈로스의 물리력으로 간간히 회심의 반격을 날릴 수 있었다.

'정말 대단한 검술 경지다.'

권산은 검신룡의 용살검을 보며 그동안 자신이 알던 용살 검법은 겉핥기에 불과했다는 것을 인정하지 않을 수가 없었다. 스승의 대에도 옛 사람의 진수와 구전으로 전해지는 변초 다수가 절맥되었기 때문에 권산 역시 자연히 배우지 못한 것이 많았다. 권산은 이 실전으로 검신룡이 쌓은 기교와 변형초까지 단숨에 얻어낼 수 있었다.

기연이라면 기연이다.

스키마는 권산이 너무도 잘 싸우자 드워프 전사의 전투력에 재연산이 필요하다고 판단했다.

'저 드워프 전사의 전투력이 일반적인 수준이라면 우리로선 큰 위기로군. 저 슈트로 보정을 받는다 해도 이모탈 231과 호각이지 않은가. 리스크는 줄이는 게 좋겠지.'

스키마는 이모탈을 조종할 수 있는 초음파 파장을 발산했다. 전투력을 MAX로 끌어내고 필요할 경우 동귀어진을 하라는 명령 파장이었다. 그러자 검신룡의 몸에서 뿜어져 나오는 내공이 폭발적으로 증가하며 호신강기가 터져 나왔다. 권산은 막 검을 출수하다가 강기에 휩쓸려 몸이 튕겨져 나왔다.

"헛!"

권산은 경기공을 북돋으며 몸을 뒤로 날렸고, 30미터를 날아가서야 겨우 역도가 해소되었다.

'이럴 수가. 검신룡 조사의 본신 내력이 4갑자에 달했었구나. 지금의 증폭력으로는 무리다.'

검신룡은 본격적으로 그의 성명절기라 할 수 있는 후반식을 전개할 모양이었다.

권산은 이를 악물고 벨트의 레버를 3배 증폭으로 돌렸다. 내단석 소모가 빨라지며 단전이 다시금 팽팽하게 차올랐다.

6갑자의 내공이 사해혈도를 돌아다니기 시작한 것이다.

'후반식에 어설픈 초식은 안 통한다. 같은 후반식만이 유일한 방어책이다.'

기공을 한계까지 끌어 올린 둘은 동시에 초식을 전개했다.

'후반 1식, 초살참.'

허공에 두 개의 푸른 초승달이 뜨는가 싶더니 번개 같은 속도로 부딪쳤다. 엄청난 섬광과 마찰열, 폭음이 뒤이어 터져 나왔다. 검강 대 검강 이라는 파괴력의 정점이 부딪친 위력이었다.

쿠앙!

순간적으로 사위가 백광으로 물들어 대낮처럼 밝아졌다. 초살참이 가진 극강의 파괴력이 온통 빛으로 화한 듯했다.

권산은 이 초식의 교환에서 한 수 손해를 봤다. 기맥이 울리고 울컥 각혈이 올라왔으나 힘껏 힘을 주어 참아냈다.

'불완전의 한계인가……'

검신룡의 죽음 이후 한 세기 동안 절전 상태였던 후반식을 되살린 건 권산이다. 일본의 검도 명인 사도 켄신의 도움을 받아 발경법을 되살리고 구결을 복원했다. 하지만 불완의 복원이었기 때문에 펼칠 수는 있으나 항상 기혈의 손상을 동반했고, 화경의 경지에 이른 지금도 그 부작용이 완화되었다 뿐이지 없어지지 않았다. 그런 형국이니 오리지널에 비해 위력이 약한 건 당연한 일이었다.

쉴 틈은 없었다. 검신룡의 움직임이 다시 빨라졌다.

'후반 2식, 광룡사일!'

『헬리오스 나인』 6권에 계속…

초대형 24시 만화방

신간 100%, 샤워실, 흡연실, 수면실(침대석), 커플석, 세탁기 완비

▪ 광명 광명사거리역점 ▪

경기도 광명시 오리로 986 광명사거리역 6번 출구 앞 5층
02) 2625-9940 (솔목타워 5층)

▪ 강북 노원역점 ▪

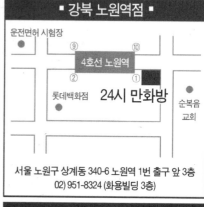

서울 노원구 상계동 340-6 노원역 1번 출구 앞 3층
02) 951-8324 (화용빌딩 3층)

▪ 일산 정발산역점 ▪

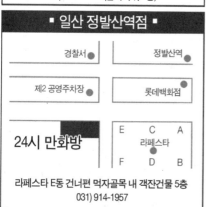

라페스타 E동 건너편 먹자골목 내 객잔건물 5층
031) 914-1957

▪ 일산 화정역점 ▪

경기도 고양시 덕양구 화정동 984번지 서일빌딩 7층
031) 979-4874 (서일사우나 건물 7층)

▪ 부천 역곡역점 ▪

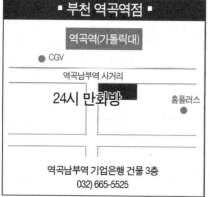

역곡남부역 기업은행 건물 3층
032) 665-5525

▪ 부평역점 ▪

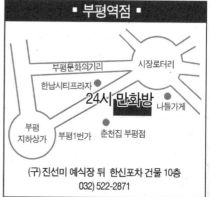

(구) 진선미 예식장 뒤 한신포차 건물 10층
032) 522-2871